瑠璃色にボケた日常 4

伊達康
Illustration えれっと

『クッキー焼いてきたの。
食べて食べてっ』

「う、有働……？」
瑠璃色にボケない日常

パジャマパーティー

「行くぞ、気合い入れろよ有働！」

刹那、鍔にぶら下がったヘアピンが
瑠璃色に変色したのが分かった。

CONTENTS

瑠璃色にボケた日常 4

伊達康

MF文庫J

口絵・本文イラスト●えれっと

プロローグ

「紺野《こんの》くん。君は魔法少女なるものを知ってるかい？」

「魔法少女？　女の子が観《み》るアニメとかに出てくる、アレか？」

「そうだ。魔法を使ってみんなを助け、時には悪と戦う……そんなプリティでリリカルでマギカな存在だ。突然だけど、私は今日から魔法少女になろうと思う」

「なろうと思ってなれるもんなのか」

「そりゃ色々と準備は必要だよ。取り急ぎマジカルスティックを用意した。ほら、これ」

「ずいぶんと渋いな……ていうか、普通の杖《つえ》にしか見えないけど」

「今朝、公園でゲートボールを観戦していたときに偶然拾った」

「置き引きじゃねえか！」

「違うよ。全然違うよ。だってお爺《じい》さんも言ってたもの。『いいぞ。行け。そのまま真《ま》っ直《す》ぐに行けぇぇい！』って」

「それはきっとボールに言ったんだ！」

「そもそも君は論点を間違えている。ジジイは魔法少女にはなれない。杖なんて宝の持ち腐れなんだ」

「お前の論点こそ大間違いだ！　あとジジイって言うな！」

「次に必要なのは小動物だ。魔法少女とは、すべからく可愛《かわい》いマスコットを連れている。一応、秋田犬を用意したんだけど」

「……犬でいいのか」

「どうかな。でも、ついてきたから」

「ついてきた？」

「うん。杖《つえ》をパクって逃げたら、ワンワン吠《ほ》えながら……」

「爺《じい》さんの犬だ！　しかもテメェ今、パクったって白状したろ！」

「違うよ。おびただしく違うよ。あの犬、杖よりも財布を取り返そうとしたんだと思う」

「完全に窃盗《せっとう》だ！　違法少女だ！」

「あるいは、帽子と上着を取り返そうとしたのかも。いや、年金手帳だったのかな？」

「爺さんから何もかもを奪うな！」

「とにかく、これで私は魔法少女だ。さあ、君の願いを叶《かな》えてあげる。言ってごらん」

「お前の出頭だよ！」

「……あ、その前に変身してこないと。ちょっと失礼」

「おい、どこ行くんだ！　一人にするな！　ったく……ん？」

「――変身が完了したわ。鴫原《しぎはら》家三十七代目の魔法少女、ここに推参《すいさん》よ」

「何か、明らかに別人なんだけど……」

「それは円環《えんかん》の理《ことわり》の歪《ゆが》みのアレのせいよ。そんなことより、願い事を叶えるわ。カラオケの割引券が欲しいのよね？」

「ちゃんと意思の疎通をしてこい！　んなもん願うか！」

「喚《わめ》かないの。分かったから少し落ち着きなさい。……それはそうと、私の願いを聞いてくれる？」

「何でだよ！　魔法少女はお前だろ！」

「今朝、お爺様の杖が盗まれたの。一緒に犯人を捜して欲しいのだけど」

「さっきの奴《やつ》だ！」

「それはつまり……私自身ということ？」

「ややこしいなお前ら！」

「……あ、その前に少し待っていてちょうだい。フォームチェンジをしてくるから」

「必要あるのか!?」

「あるわ。主にネタの進行上で」

「ぶっちゃけるな！　おい待てって！　……また取り残されちまったよ。何なんだ、この無駄な間《ま》は」

「――お待たせ致しました、紺野《こんの》様」

「うん。予想はついてたけど、やっぱり別人だな」

「魔法少女・ガーネットフォームを担当しております、三塚《みつづか》柘榴《ざくろ》と申します」

「本名を言うな本名を」

「本日はお招き頂き、まことにありがとうございます。これはつまらない物ですが……」

「マジカルスティックを差し出すな！　自分が変身できなくなるだろ！」

「フフ、紺野《こんの》様ったら。これは単なるジジイの杖《つえ》ですよ」

「知ってるよ！　そしてジジイって言うな！」

「ついでに秋田犬もお持ち帰り下さい」

「え？」

「帽子と上着もつけましょう。あと、お財布と年金手帳も」

「……なあ、もしかして俺を犯人に仕立てようとしてないか？」

「願い事が叶《かな》う……その甘い話の裏には、大きな落とし穴が待っているものです」

「願いなんざ何一つ叶えられてねぇよ！　冤罪《えんざい》はゴメンだ！」

「そう仰《おっしゃ》られましても、魔法少女には倒すべき悪が必要なのでございます」

「だったら俺じゃなくて、一人目の奴《やつ》を倒してこい！　あいつが犯人だ！」

「それはつまり……私《わたくし》自身ということですか？」

「ややこしいんだよ！」

第一章　瑠璃《るり》色にボケない日常

1

「紺野くん。君は最近、ツッコミがいささか単調になっている」

ストローでアイスコーヒーを吸っていた紺野孝巳《たかみ》に向けて、正面に座る少女から突然そんな駄目出しが飛んできた。

見ると、毛先を方々にピンピン跳ねさせたショートカットが、不満げにこちらを睥睨《へいげい》していた。切れ長の両目を猫のように細め、その少女・有働《うどう》瑠璃はフライドポテトを口に放り込みつつつクドクドと続ける。

「もっとバリエーションを増やしたまえ。私と翠《すい》と柘榴は、ボケ方はもちろん間《ま》の取り方も違う。同じ対応をするのは命取りだ」

「漫才で死ぬかよ」

「現状に満足してはいけない。工夫をするんだ。身振り手振りを大きくしたり、セリフに緩急《かんきゅう》をつけてみたり……あと、軸足はしっかり固定したまえ」

「どっちだよ軸足」

――学校帰りの夕刻。自宅の最寄り駅近くにある、ファーストフード店の二階。

主に学生客で賑《にぎ》わうそんなフロアの一角で今、孝巳《たかみ》たち青鶴高校《あおづるこうこう》『お笑い研究会』の四人もまたテーブルを囲んでいる。

紺野《こんの》孝巳をはじめ、顔触れはいつもと同じだ。部長の有働瑠璃《うどうるり》、副部長の鴫原翠《しぎはらすい》、そしていつの間にやら書記となっていた三塚柘榴《みつづかざくろ》——いずれも校内に名高き、指折りの美少女たちである。

そんな三人に囲まれ放課後を過ごす孝巳を、学校の男子生徒たちは羨望の眼差《まなざ》しで見詰めてくる。「何て恵まれてるんだ」「できれば代わって欲しい」……孝巳自身、そんな会話を耳にしたことが幾度もあった。

（仮入部だけでもしてみればいいんだ。そうすりゃこの部の実態が分かるさ）

幸せそうに見える人間が、実際に幸せだとは限らない。ユートピアに見える場所が、とんだディストピアなことだってある。事実、部内における紺野孝巳の地位は極めて低い。というか最下層だ。

皆が部員として何らかの役職を持つ中、孝巳だけが未《いま》だに肩書きを与えられていない。会計のポジションとか空いていないのかと訊《き》いたところ、だったら有り金を全部よこせと理不尽なことを言われたので、仕方なく諦めたのだ。

「思うに、君にはまだ照れがあるんだ。その余計な羞恥心《しゅうちしん》がツッコミを単調にさせているんだよ。火のごとく激しいツッコミもいいけど、それだけじゃ駄目だ。時には風のごとく

軽快に、山のごとく雄大に、ハムスターのごとく元気にだね……」

　愚にもつかない説教をぶちながら、瑠璃《るり》がまたポテトを食べる。その頭には今日もデフォルメされた河童《かっぱ》型へアピンが陣取り、主人の髪を押さえる任務に従事していた。

　すると、瑠璃の隣で黙って会話に聞き入っていた鴫原翠《しぎはらすい》が、「ちょっといいかしら」と口を挟んできた。

「あのネタでは、私たち三人は同一人物であるという設定よ。ツッコミ方を変えてはおかしくならない？」

　それを受けて、孝巳《たかみ》の横にいる三塚柘榴《みつづかざくろ》も思案《しあん》顔で顎を摘まむ。

「そうですね……しかしながら、私《わたくし》たち三人が明らかに別人であることは、すでに演者と観客との共通認識となっているはず。やはり個別に対応を変える方が、メリハリはつくかもしれません」

　栗毛《くりげ》のロングストレートと赤みがかったツインテールが、同時に唸《うな》って腕を組む。どちらも必要以上に胸の発育が良いので、孝巳はいつも目のやり場に困っている。

「紺野《こんの》くんだけはあくまで同一人物だと見なしているべきよ。それがおかしさに繋《つな》がるのだと思うわ」

「ネタの中には、紺野様のセリフにも『これは漫才である』と臭わせるメタ的な箇所《かしょ》が複数存在します。ツッコミの自由度が比較的高いネタですので、要はそのバランス調整でしようか」

放課後のファーストフード店で、美少女たちによる議論の応酬が続く。これが恋愛や友達やファッションの話なら、何も変じゃない。漫才の話だから変なのだ。

（まあ、こいつらはそもそも一般人じゃないしな……）

漫才云々《うんぬん》を抜きにしても、この三人娘は決して普通の女子高生とは言えない。彼女たちは「霊導師《れいどうし》」という、霊の救済・悪用阻止《そし》を生業《なりわい》とする家系の娘であり、三者三様に強大な霊能力を持つ心霊のエキスパートなのだ。

怨霊《おんりょう》、守護霊、幽鬼《ゆうき》、生霊《いきりょう》……彼女たちと縁を持ったお陰で、今や孝巳はすっかりその世界に足を踏み入れてしまった。年末に体験した大蛇《だいじゃ》の獣霊《じゅうれい》退治などは、まさにその集大成と言っていい。

……日々「幽霊」が跋扈《ばっこ》する環境に身を置きつつ、平時は「お笑い」に精を出す。そんな彼女たちの将来が、孝巳は若干気掛かりだった。

その後も飽きることなくディスカッションが進められる中、不意にカッパ少女が挙手をして一同に提案した。

「ここは一つ、柘榴にもツッコミに回ってもらうのはどうかな？」

「私が、ですか？」

「うん。柘榴ならできるはずだ」

「瑠璃《るり》様がそう仰《おっしゃ》るのでしたら……私《わたくし》としましては、突っ込むより突っ込まれる方が好きなのですが」

そんな言葉と共に、柘榴《ざくろ》がチラリとこちらを窺《うかが》ってくる。ツッコミを待っているのが一目瞭然《いちもくりょうぜん》だった。

「もっと言えば、激しく突っ込まれるのが好きなのですが」

さらに被《かぶ》せてきた彼女に、やむなく乗ってやることにする。面倒臭いが、それも孝巳《たかみ》の仕事だ。

「はいはい分かったよ、こんな場所で下ネタはやめ——」

「あと、できればきつく縛って頂けたら」

「どんな漫才だ！」

軽く流すつもりでいたのに、結局全力でのツッコミを余儀《よぎ》なくされた。乗ってやるつもりが、見事に乗せられてしまった。

翠《すい》が「さすが柘榴だわ」と感嘆《かんたん》の声を漏らす横で、瑠璃も「うむ」と好々爺《こうこうや》のごとく満足げに相好《そうごう》を崩している。おそらく瑠璃の挙手は、「議論に飽きたからボケろ」というサインだったのだろう。優秀な書記はそれを鋭敏《えいびん》に察知し、殊勝《しゅしょう》にも口火を切ってみせたのだ。

案の定、それを機に恒例《こうれい》の無秩序トークが始まった。

「よし。これでボケが二人、ツッコミが一人、亀甲縛《きっこうしば》りが一人という構成になった」

「採用するなよ！」

「確かに少々アンバランスかな？　じゃあこの際、私と翠も縛られてみよう」

「亀甲縛りを増やしてどうする！」

「だって、一番オイシイ役じゃないか。柘榴にだけ良いカッコはさせない」

「どの辺にカッコ良さを見出《みいだ》したんだ！」

続いて、翠が負けじと参加してくる。

「だったら紺《こん》野《の》くんも縛られるべきだわ。私たちは四人で『お笑い研究会』……いつだって心は一つよ。誰が欠けても駄目なのよ、きっと」

「無駄だ！　どう頑張ってもいい話にはならないぞ！」

「でもインパクトは重要よ。ここはあえて新機軸に挑戦してみるべきだわ」

「あえる必要が全くねえよ！　……おい三塚《みつづか》、責任取ってちゃんとオチをつけろ！」

「紺野様、もはや良い子の振りはやめましょう。共にどこまでもオチていきましょう」

「ちっともオチてない！」

——そこで孝巳はようやく、店内が異様に静まり返っていることに気付いた。

いつしか二階フロアにいるのは、孝巳たちだけになっていた。もぬけの殻となってしまった店内に、有線のキャッチーなメロディーだけがことさら虚《むな》しく流れている。

（ああ、またやっちまった）

無理もない。右顔面に派手な傷がある目付きの悪い男が、立ち上がって怒号《どごう》を上げていたのだから。

ちなみにこの顔の傷は、年の瀬に伝説の獣霊《じゆうれい》・朽縄《きゆうじよう》を相手にしたときに負ったものだ。お陰でようやく解けかけていた「学校一のヤンキー」という周囲からの誤解も、すっかり元《もと》の木阿弥《もくあみ》となってしまっている。

「クソ、どうせ俺は『人間魚雷』だよ……」

「開き直るのはやめたまえ。変態猛々《たけだけ》しい」

「誰が変態だ！　俺は止めた側だろ！　緊縛《きんばく》漫才を！」

とどめに一喝《いつかつ》した孝巳《たかみ》に構わず、瑠璃《るり》が最後のポテトを煙草《たばこ》のように口にくわえる。

煙を吹かす真似《まね》をして、次いで唇についた塩をペロリと舐《な》め取ると、彼女は「単調だけど、やっぱり君のツッコミは心地《ここち》好いね」と上機嫌に笑った。

ボケまくる霊感少女たちにひたすら突っ込み、時に幽霊絡みの事件に巻き込まれ、命の危険にすら曝《さら》される毎日。

有働《うどう》瑠璃に出会ったときから、孝巳の高校生活はずっとこんな調子だ。

だが、今やそれこそが——紺野《こんの》孝巳の日常であった。

2

相変わらずの日々を送っている間に、一月もあと数日を残すのみとなっていた。

その朝も学校指定のジャージ姿で登校した孝巳は、トイレで制服に着替えたのちに自身の教室へと向かった。

秋の終わりから始めているランニング通学も、最近はやっと苦にならなくなってきた。タイムも順調に縮まっており、筋肉痛になる頻度も格段に下がった。

日課はそれだけじゃない。筋トレはもちろんのこと、就寝前には瞑想《めいそう》による霊力制御の鍛錬も欠かさず行っている。そちらの方も以前と比べてだいぶ板についてきたと思う。

体力と霊力の増強は、己を守るためのもの。いつ、どこで、どんな怪異に遭遇するか分からない孝巳にとって、最低限不可欠な備えだった。


一年A組の教室へ入ると、談笑していたクラスメートたちがピタリと声を止め、その後また会話を再開させた。

孝巳が登場することで起こるその一瞬の空白劇は、もはやクラスのお約束事だ。だからこちらも気にしていない素振りをしながら、無言で最後列の自席へと足を向ける。

（やっぱ、この傷が駄目押しになってるよな……）

風の噂《うわさ》によると、孝巳《たかみ》の右目に走る縦傷は「動物園のアナコンダと喧嘩《けんか》になって付いたもの」であり、理由は「肩がぶつかったから」ということになっているらしい。突っ込みどころ満載のその噂を流したのがウチの部長だと知ったのは、つい昨日のことだった。

「まさか朽縄《きゅうじょう》さんと戦ったなんて言えないだろう?」……悪びれもせずにそう言った瑠璃《るり》の小憎たらしい顔を思い出し、改めて腹立たしさが込み上げてくる。

まあ、ヤンキーに絡まれなくなっただけマシだと考えるしかない。ひとまず自身をそう納得させて席に着いたところ。

ほぼ同じタイミングで、一人の女子生徒が慌ただしく教室に飛び込んできた。

「紺野《こんの》くん、来てるっ?」

やってくるなり思いがけず孝巳の名を呼んできたのは、一年E組の辻早苗《つじさなえ》だった。

瑠璃のクラスメートであり、文化祭で実行委員を務めていた彼女とは、僅かながら面識がある。さすがは瑠璃の友人と言うべきか、なかなか風変わりで素っ頓狂《すっとんきょう》な少女だ。そして、この青鶴高校《あおづるこうこう》で孝巳のことを比較的恐《こわ》がらない、ある意味で貴重な存在でもあった。

「あ、見っけ!」

目が合うと、早苗が早速こちらに迫ってくる。首の後ろでお下げ髪がヒョコヒョコ揺れていた。

「来てたのね紺野くん!　やだ、よかった!」

「どっちだよ」

孝巳のツッコミも意に介さず、彼女が机の横に立つ。何だかやけに取り乱していた。

一体何の用だろうか。早苗とは特に親しい間柄じゃない。彼女がわざわざ訪ねてくる理由なんて、瑠璃に関係することしかないような気がするが。

「ルリポンが大変なの！」

早苗の口から予想通りの名前が出た。呼称の良《よ》し悪《あ》しはともかく、ルリポンとはまさしく有働《うどう》瑠璃のことだ。

「有働がどうかしたか？」

「ルリポンが、凄《すご》く変なの！」

「……知ってるけど」

困惑する孝巳に、早苗がブンブンと首を振る。お下げが飛んでいきそうな勢いだ。

「そうじゃなくて、逆に変なの！　普通なの！　ボケがないの！」

「はあ」

それは確かに妙だが、別にここまで動揺することでもないと思う。あいつだってそういう日もあるだろう。

瑠璃にボケがないのは、孝巳にしてみれば逆に好ましいくらいだ。あいつは少し、ところ構わずボケたりボケさせたりするのを控えた方がいい。無駄に対立者が多いのも間違いなくそのせいだし、条件反射で突っ込んでしまう孝巳《たかみ》も毎度散々な目に遭っている。

「何かに取《と》り憑《つ》かれてるのかも！　助けてあげて！」

「そう言われてもな……」

「きっと狐《きつね》の霊よ！　真面目で常識的な狐が憑いてるのよ！」

色々と言いたいことはあったが、流すことにする。

クラスメートたちの不審げな視線が、先ほどからチクチクと痛い。居心地の悪いこの状況から脱するためにも、さっさとこの場を収めたかった。

「分かった。とりあえず放課後に様子を見とくよ」

無難な返答を伝えると、早苗《さなえ》が子犬のように「うう～」と唸《うな》る。しばし不服げに立ち尽くしていた彼女は、鳴り響いた予鈴のチャイムに渋々と教室から退散してくれた。

（相変わらず元気な奴《やつ》だなぁ）

いささか騒がしくはあるが、バイタリティーと生命力のある少女だと思う。確か普段は吹奏楽部に所属していると瑠璃《るり》が言っていたか。もし早苗が『お笑い研究会』のメンバーだったら、孝巳は過労死していたかもしれない。

程なくして担任が現れ、ホームルームが始まった。さして重要でもない連絡事項を聞いているうちに、欠伸《あくび》が数度漏れる。

――すっかり慣れてしまった日常に異変が起こっていることなど、その時の孝巳はまだ知らなかった。

放課後。トイレ掃除の当番を滞りなく果たした孝巳は、そのまま一息つくこともなく部室に直行した。心持ち歩く速度を上げ、渡り廊下から別館校舎へと移る。

多少の遅刻はたまにあるのだが、あまり遅くなると瑠璃の機嫌がそれだけ悪くなる。過去に二十分遅れたときには、ペナルティーとしてモノマネを強要されたことがあった。得意の「キャッチャーフライをヨチヨチと追う、ジャイアンツ阿部《あべ》」を披露したのだが、上手《うま》く伝わらなかったようだ。

（昔、野球部の奴らには鉄板だったんだが……）

そうこうしているうちに、お馴染《なじ》みの「おはらいけんきゅうかい」と書かれた張り紙の前まで辿《たど》り着《つ》く。時間はまだ午後四時十五分。これならセーフだろう。

扉を開けて中へ入ると、指定席で携帯電話を弄《いじ》っていた瑠璃が、顔を上げてこちらを向いた。孝巳の姿を認め、にこりと微笑《ほほえ》み小さく手を振ってくる。

「あ、こんにちは紺野《こんの》くん」

「へ？　あ、ああ」

やけに朗らかな挨拶《あいさつ》をよこしてきたカッパ少女に、拍子抜けすると同時に鼻白んでしまう。早々にボケでも飛んでくるかと身構えていたのだが、杞憂《きゆう》だったようだ。

まあ、考えてみれば別におかしなことじゃない。むしろ今のこそあるべき普通の第一声だ。……そう思い直し、いつものパイプ椅子を引いて腰を下ろす。瑠璃《るり》から一つ席を飛ばした、ちょうど長机の中央辺りだ。

「鴫原《しぎはら》と三塚《みつづか》はまだか？」

鞄を置きながら何気なく問うと、瑠璃が細い眉毛を八の字にさせた。

「二人とも今日は欠席なの。お家で大事な会議があるって、さっきメールがあったよ」

「そうか」

「残念だけど、お家の用事じゃ仕方ないよね」

「ああ、まあな」

翠《すい》と柘榴《ざくろ》は、部員と霊導師《れいどうし》の二足のわらじを履いている身だ。彼女たちが後者を優先させなければならないのは当然であり、それは半ば研究会の暗黙の了解となっている。

（そんなことより……）

また瑠璃の態度が引っかかってしまった。何だろう、この違和感は。

今日のこいつは、どうにもアクがない。傲岸不遜《ごうがんふそん》な挙動や、無駄に偉そうな口調が鳴りをひそめている。いつもの彼女だったら「活動に支障を来すなら、霊導師なんか辞めるべきだ」とブチブチ文句を言っているはずだ。

怪訝《けげん》に思う孝巳《たかみ》をよそに、当の瑠璃は手鏡を取り出し、前髪を整え始めていた。

これも珍しい。彼女が部室でネタ帳以外と睨《にら》めっこするのは非常に稀《まれ》だ。否《いな》、身だしなみを気にする瑠璃なんて、これまで孝巳は見たことがなかった。

「ルリポンが変なの」……朝の辻早苗《つじさなえ》の言葉が胸に去来《きょらい》する。まさかあれはこのことか？

小指でチョイチョイと前髪を流し「うん」と頷《うなず》いた瑠璃が、こちらの視線に気付く。彼女はクルリと孝巳へ向き直ると、まるで普通の女の子のように小首を傾《かし》げてきた。

「どうかした？　紺野《こんの》くん」

「いや……お前、何か今日は変じゃないか？」

とにかく率直《そっちょく》な感想をぶつけてみる。しかし瑠璃は不思議そうにキョトンとして、今度は逆方向に首を傾げただけだった。

「そうかな？　別に体調は普通だけど」

「…………」

「あ、そうだっ。今朝ね、面白いことがあったの」

思い出したように瑠璃がパンと手を合わせ、そんな前振りを投げてきた。ようやくいつもの調子に戻ったらしい。

(何だ、やっぱり普段の有働《うどう》じゃないか)

やれやれと嘆息《たんそく》しながらも、咳払《せきばら》いで喉《のど》の状態を整え、彼女のボケを待ち構える。

ツッコミが単調だと言うなら、少しパターンを変えてやろう。それくらいの技量はもう身についているはず。こちとら伊達《だて》に相方をやってはいないのだ。

「つい今朝のことなんだけどね」

「ああ」

「朝御飯を食べながらテレビを見てたら、三つのチャンネルで同じＣＭが流れたの！　びっくりして何回も見比べちゃった！」

「…………」

「たまに二つくらいならあるけど、三つって凄《すご》いなぁって。ああいうこともあるんだね」

「…………」

しばらく待ってみたが、それ以上の続きはなかった。

万全を期してツッコミのタイミングを狙っていた孝巳《たかみ》は、相槌《あいづち》を打つことすらできず途方に暮れてしまった。

「……今の話は、それで終わりか？」

念のため確認すると、カッパ少女は目をパチクリさせて「うん、そうだけど」とあっさり首肯《しゅこう》した。もし孝巳が同じ話をしたなら、こいつはダニを見るような白い目を向けてきただろう。

（何だこれは？）

やっぱり今日の瑠璃《るり》はおかしい。何から何まで違和感だらけだ。彼女の奇行は今に始まったことじゃないが、この手のパターンは初めてだった。

「あーあ、早く暖かくならないかなぁ。毎朝お布団から出るのが辛いもの」

「…………」

「翠《すい》ちゃんや柘榴《ざくろ》ちゃんみたいに、私も髪の毛を伸ばしてみようかな。ちょっとは首回りの防寒になるかも」

翠と柘榴を「ちゃん」付けで呼び出した。

いよいよおかしい。ボケがない。……いや、もしやこれ自体がボケなのか？　全くボケないというボケなのか？

いずれにせよ、彼女の真意を探らなければ始まらない。何故《なぜ》こんな三文芝居をしているのか……その意図を知る必要がある。そう腹を決めた孝巳は、深呼吸をしてから立ち上がり、そのまま瑠璃の真横の椅子へと移動した。

「有働《うどう》」

「ん？　なあに？」

「俺、さっきから額が痒《かゆ》いんだけど……何か付いてないか？」

言いつつ、ズイと身を乗り出して前髪を上げてみせる。露《あらわ》になった額をこれでもかと彼女へ近付ける。少しわざとらしいが、明確に「振り」だと伝えるためには仕方ない。

こいつには、人をひたすら突っつく『スイッチョン』という馬鹿馬鹿しいギャグがある。

いかに常識人を装《よそお》うとも、ここまでお膳立てされたら我慢できないはずだ。

「え？　おでこ？」

「ああ」

さあ来い。絶好のチャンスだぞ。そのあとすぐに突っ込んでやる。

「突いてんじゃねぇ！」「爪の跡が付いてるよ」「突いたからだろ！」……今や孝巳《たかみ》は、その後の会話まで手に取るようにシミュレートできた。

だが――いつまで経《た》っても『スイッチョン』はやってこなかった。返ってきたのは味も素っ気もない、真面目な一言だった。

「ううん、別に何も付いてないよ」

「……！」

「変な紺野《こんの》くん」

「変なのはお前だ！」

気付けば孝巳はガバリと椅子を立ち、瑠璃《るり》の両肩を激しく揺さぶっていた。

その孝巳の剣幕《けんまく》に、瑠璃が「きゃっ」と可愛《かわい》らしい悲鳴を上げた。

「どうした有働《うどう》！　何でボケねぇ！」

「え？　え？」

「何があった！　何を拾って食った⁉」

「そ、そんなことしないもん！　やん、ちょっと、顔近いってば！」

「やんとか言ってんじゃねえ！　キャラを守れコラ！」

「そ、そんなこと言われても……あ、クシャミ出ちゃう。クシュン！」

「テメェのクシャミは『ブシッ！』だろうが！」

「紺野くん、怖いよぉ～」

涙目になって恐れおののくカッパ少女。

そんな彼女を、孝巳もまた恐れおののいて瞠目《どうもく》していた。

3

その夜。帰宅した孝巳は、着替えも夕食も忘れて部屋で延々と放心したあと、居ても立ってもいられず家を飛び出した。

目指すは鴫原《しぎはら》邸。『会議が終わったら、急ぎの相談事がある』と翠《すい》にメールをしたところ『午後七時以降なら大丈夫』と返信があったのだ。まだ少し時間はあるが、とにかく一刻も早く彼女に会いたかった。

（鴫原、助けてくれ！）

疲れも空腹も一切麻痺《まひ》していた。

その原因はもちろん、脳裏にこびりついた瑠璃《るり》の姿だ。手鏡を前にせっせと髪を弄《いじ》り、どこそこのケーキが美味《おい》しいなどという他愛《たあい》ないトークに終始し、挙げ句には「そこの本棚に何か可愛《かわい》いもの飾ろっか」とのたまってきた、不気味極まりない彼女の姿だった。何なんだあれは。まさか、本当に真面目な狐《きつね》の霊が憑《つ》いているのか⁉

全速力で街を疾走《しっそう》し、山麓《さんろく》地帯の坂道を飛ぶように駆け上がる。やがて前方に巨大な屋敷の正面門が見えてきた頃には、一月下旬の寒空だというのに汗だくになっていた。

酸素を求める肺に鞭《むち》を打ち、ラストスパートをかける。急いだところで待つことになるのは分かっていたが、逸《はや》る心は止まらなかった。

「……紺野《こんの》くん？」

が、幸いと言うべきか、門扉の前には見慣れた少女二人のシルエットがあった。どうやら会議が早く終わり、柘榴《ざくろ》が帰るところだったようだ。

蒸気機関車のごとく白い息を撒《ま》き散《ち》らし、転がるように二人の元へと辿《たど》り着《つ》く。しばし中腰になって呼吸を整える孝巳《たかみ》を、彼女たちが訝《いぶか》しげに眺めてきた。どちらもまだ制服姿で、それぞれのスカートから伸びるニーソックスとストッキングが、見事に白と黒のコントラストを描いていた。

「ちょうど今から貴方《あなた》にメールするつもりだったのだけど……わざわざ来たの？」

「どうなされたのですか紺野様。そんなにハアハアとお喘《あえ》ぎになって」

「有働《うどう》が変なんだ！」

かけられた言葉をことごとく無視して、孝巳は挨拶《あいさつ》もなしに声を張り上げた。

二人が同時に眉根を寄せ、顔を見合わせる。孝巳の喚声《かんせい》に張り合うように、どこかで犬の遠吠《とおぼ》えがした。

「有働が凄《すご》く変なんだよ！」

周辺への配慮も忘れてさらに繰り返すと、翠《すい》が戸惑いがちに今朝の孝巳と同じ返事をよこしてきた。

「……知ってるわ」

「そうじゃなくて、逆に変なんだ！　普通なんだ！　ボケがないんだ！」

孝巳もまた、朝の早苗《さなえ》と同じ反応をしてしまっている。適当に彼女をあしらってしまったことを、この時ようやく反省した。

鬼気迫る表情で訴えかける孝巳を、続いて柘榴がやんわりとなだめすかしてくる。気遣うように彼女が発してきた言葉は、またしても今朝の孝巳と同様の見解だった。

「紺野様、落ち着いて下さい。瑠璃様だってそういう日はあるかと……」

「もはやそんな次元じゃないんだ！　危険水域なんだよ！」

翠がモデルのごとく優雅に腕を組み、「担がれたのではないの？」と諭してくる。この温度差が何とも歯痒《はがゆ》かった。

「あの子は人をからかうことにかけては、A代表クラスよ」

「違う！　断じてそんなチャチなもんじゃねえ！　あれはもっとヤバいもんだ！」

「さっぱり要領を得ないわ」

「何やら只事《ただごと》でないことは了解しましたが……」

弱り果てている二人の前で、孝巳《たかみ》は頭を掻《か》きむしった。

何とかして事態の深刻さを伝えねばならない。それは理解しているのに、思考が上手《うま》く回らない。今からでも二人を瑠璃《るり》に会わせれば話は早いのかもしれないが、孝巳自身が彼女に会いたくなかった。

煩悶《はんもん》ののち、孝巳は半ばうわ言のように今日の出来事をポツポツと呟《つぶや》いていた。強引に時間を繰り上げて部活を終了させた、そのあとのことだ。

「有働《うどう》と一緒に学校を出たら……バナナの皮が落ちてたんだ」

「バナナの皮？」

「まるで踏んでくれと言わんばかりに、道のド真ん中に……」

「まさか貴方《あなた》、滑ってみせたの？」

「いや、その前に有働に振ってみたんだ。『バナナの皮が落ちてるぜ。踏んだら滑っちまうから、気をつけないとな』って。俺はその上で大袈裟《おおげさ》にバナナの皮を避けて――あえて何もない地面で滑ってみせた」

「…………」

「そうしたらあいつ、何て言ったと思う？　『紺野《こんの》くん大丈夫？』って言いやがったんだ！」

「…………」

「大丈夫なわけねぇだろ！　まだ股関節が痛ぇよ！　俺は叱って欲しかったんだ！　『何《な》故《ぜ》ツッコミが余計なボケをするんだ』と！　『チンピラ風情《ふぜい》が調子に乗るな』と！」

「落ち着きなさい紺野くん。貴方の方がよっぽど異常に見えるわ」

恐怖体験のごとく語る孝巳に、翠《すい》が至極《しごく》冷静な言葉を浴びせてくる。

……否《いな》、瑠璃に真面目な顔で心配され、慰められるように頭を撫《な》でられたことは、孝巳にとって紛《まぎ》れもなく恐怖体験だった。滑った上にスベったその時の惨めさを思い出し、軽い目眩《めまい》に襲われる。

「何か無駄に言動が可愛《かわい》いしよ。一体何なんだあれは……どうして欲しいんだ……」

「要するに、瑠璃が全く瑠璃らしくない――そういうことね？」

端的な確認と同時に、翠がしばし黙考《もっこう》する。

険しい表情でアスファルトを見詰める彼女に、柘榴《ざくろ》が小声でヒソリと囁《ささや》きかけた。

「翠様、まさか瑠璃様は……」

「ええ。信じ難いけど、可能性はあるわね」

そんなことを言いながら、互いに何かを納得している。瑠璃の異変に心当たりでもあるのだろうか。なら可及的速やかに何とかして欲しい。

固唾《の》を呑んで言葉を待つ孝巳《たかみ》に、改めて翠《すい》の視線が向けられる。次いで彼女が口にした一言は、孝巳にとって無情極まりないものだった。

「とにかく、瑠璃《るり》のことは明日にしましょう」

「えっ？」

「私たちの推測通りなら、できることは何もないわ。大丈夫よ、命に関わるようなことじゃないから」

「そんな……」

さしたる説明もなく議論をまとめられ、失望に声をなくす。

いつしか汗は引き、体が芯まで冷え、指先の感覚がなくなっていた。それが果たして気温だけのせいなのか……孝巳には分からなかった。


屋敷前で翠と別れると、そのまま柘榴《ざくろ》と途中までの帰路を共にすることとなった。

日の落ちた閑静《かんせい》な勾配《こうばい》を、肩を並べて無言で歩いていく。聞こえるのは二人の足音、そして孝巳の溜息《ためいき》だけ。まだ七時過ぎのはずなのに真夜中のような錯覚に陥ってしまう。

「紺野《こんの》様、あまり思い詰められませぬよう……瑠璃様のことは明日、私《わたくし》と翠様で確認致しますので」

悄然《しようぜん》と項垂《うなだ》れている孝巳を心配したのか、栢榴がそんな声をかけてくる。力なく頷《うなず》いて「頼む」と返すと、彼女は「はい」と柔和《にゆうわ》に口許《くちもと》を綻ばせた。

……こうして栢榴と夜道を歩いていると、かつて二人で廃銀行へ行った記憶が蘇《よみがえ》る。

そういえば、出会ったときは彼女を年上だと思っていた。その丁寧な物腰と気品ある所《しよ》作《さ》のせいで、どこぞの良家の箱入り娘だと見誤っていた。いや、良家の娘には違いないのだが……この三塚《みつづか》栢榴は、第一印象とはまるで正反対の少女だった。

清楚《せいそ》で可憐《かれん》な仮面の裏には、下ネタ女王の素顔が隠されていた。深窓の令嬢のごとき淑《しと》やかさとは逆に、霊導師《れいどうし》としてはバリバリの武闘派だった。正直、詐欺《さぎ》に近いと思う。

そんなことを取り留めもなく考えていたとき――不意に空気が揺らいだ。

「！」

反射的に足を止め、視界の端から飛んできた赤い拳を掴《つか》み取《と》る。それは革手袋を填《は》めた栢榴の右手だった。

「お見事です」

「な、何だよ、ビックリするだろ」

いきなりの不意打ち攻撃に抗議したものの、泣《な》き黒子《ぼくろ》の少女は涼やかに破顔《はがん》しただけだった。孝巳でも防げたことを考えると、かなり手加減した一撃だったのだろう。

「ずいぶんお強くなられましたね、紺野様」

やぶからぼうに言われ、思わず毒気を抜かれる。もしかして試されたのか？

「日々の精進《しょうじん》のお陰で、平素でも五感が鋭くなっています。本格的な修行を始めてまだ数ヵ月なのに……驚異的な進歩ですね」

「よしてくれ。毎日鍛錬《たんれん》してこの程度だ」

「それでも初めて出会った頃《ころ》とは見違えました。やはり紺野《こんの》様は、頼りになる殿方でございます」

瑠璃《るり》のことで参っている孝巳《たかみ》へのリップサービスなのかもしれないが、上達を誉《ほ》められるのは素直に嬉《うれ》しい。こういう気配りが自然にできる当たり、やっぱり柘榴《ざくろ》は大人だ。

「そうか。ちょっとはモノになってきてるのかな」

「はい。以前より、お顔に精悍《せいかん》さが増しました」

「よ、よせよ」

「彫りが深くなられました」

「なってねえよ！　霊力と関係ねぇし！」

「迫力が三割ほど増したというか」

「傷のせいだろ！　気にしてんだから、ほっといてくれ！」

右目の縦傷に手を当てて喚《わめ》くと、柘榴がクスクス笑いながら両腕を後ろ手に組んだ。もともと凹凸に富んだ体のラインが、より一層鮮明になる。

「いつもの紺野様に戻られましたね」

「ったく……もっとマシな元気付け方はないのか？」

「私《わたくし》、『お笑い研究会』ですので」

得意顔の彼女に渋面《じゅうめん》で応えた直後、唐突に空腹感を覚える。雑談で気が紛《まぎ》れたせいか、思い出したように腹の虫が鳴り出した。

「そういや、まだ晩飯を食ってなかったな……」

何気なく漏らしたその独り言を聞きつけ、柘榴が「それでしたら」と孝巳の顔を覗《のぞ》き込《こ》んできた。

「ご一緒にいかがですか？　ご馳走《ちそう》致しますよ」

「へ？」

「一人暮らしは材料が余ってしまいまして。さっきの不意打ちのお詫《わ》びということで」

「それはつまり、お前の家に行くってことか？」

「そうなりますね」

「一人暮らし、なんだよな？」

「はい。ですのでご遠慮なく」

……魅力的な誘いだが、この性にやたらオープンなFカップと同じ部屋にいて、変なことにならないだろうか。

柘榴《ざくろ》の下ネタは、時として瑠璃《るり》すらも置き去りにしてしまうことがある。疲弊している今の孝巳《たかみ》ではとても対応し切れないだろうし、万が一にも押し倒されたりしたら腕力ではまず抵抗できない。……いや違う。危惧《きぐ》すべきは孝巳自身の理性の方だろう。

熟考を重ねた結果、少なからず未練を抱きつつも固辞《こじ》することにした。

「いや、やめとくよ。メシ食ったらすぐに修行したいし」

「そちらもお付き合い致しますよ。色々ご指導できるかと」

「ああ、いや……やっぱり今日はもう寝るから」

「そちらもお付き合い致しますよ。色々ご指導できるかと」

「シャレになんねぇよ！」

駄目だ。やっぱり手に負えない。

逃げるように足早に歩き出したものの、たちまち追いつかれてしまう。こちらを見上げてきたツインテール少女は、珍しく拗《す》ねたように頰《ほお》を膨らませていた。

「つれないではありませんか。同じ部の仲間だというのに」

「時間も時間だろ？　一人暮らしの女子の家にお邪魔できないよ」

「なら実家の方にしましょう。急いで新幹線に乗って……」

「行くか！」

「では紺野《こんの》様のお部屋ですか？　ご家族に声が聞こえてしまうのでは……」

「何の声だ！　ていうか招くか！」

「……もしかして私《わたくし》、避けられています？」

「いや、そうじゃなくて」

「放置プレイですか？」

「違ぇよ！　倫理的な問題だ！」

「それはどういったプレイで……」

そんな会話を延々と交わしながら、二人は坂道を下りていった。

4

翌朝。孝巳は長らく続けていたランニング登校を中止した。

昨夜は浅い眠りが続き、夜中に何度も目が覚めてしまった。そのため若干の気だるさが残っており、走る気にならなかったのだ。股関節もまだ少し痛かった。

睡眠不足となったのは言うまでもなく、イメチェンしたカッパ少女のせいだ。

昨日の瑠璃は一体何だったのか。あれはボケではなく、本当に何らかの異変によるものなのか……その真相が、孝巳の中では未《いま》だ宙ぶらりんになっている。

（まあ、命に関わる事態じゃないと鴫原《しぎはら》も言ってたし、案外今日はいつもの有働《うどう》に戻ってるかも……)

そんな希望的観測にすがり鞄《かばん》を担ぎ直すと、すでに校門が間近だった。

学校へと向かう生徒たちの人波に紛《まぎ》れつつ、底冷えする外気から早く逃れるべく歩調を上げる。ここのところ右肩の古傷が頻繁《ひんぱん》に疼《うず》くのも、この寒さのせいかもしれない。

と、不意にパタパタと背後から足音が迫ってきたかと思うと、右肩がポンと叩《たた》かれた。微《かす》かに患部に痺《しび》れが走る。

「背筋が曲がってるよっ」

直後に浴びせられた聞き覚えのある声に、心臓が一度大きく鳴った。

恐る恐る振り向くと——思った通り、朗らかに微笑《ほほえ》むカッパ少女がそこにいた。

「う、有働《うどう》……」

「おはよう紺野《こんの》くん。転んだトコ、平気?」

屈託のない笑顔と共に、ごく自然に孝巳《たかみ》の隣を並行してくる。……一見するとこれまで通りだが、口調で明々白々だ。変な瑠璃《るり》のままだった。

まず、歩き方がとても上品だ。いつもは肩にかけている鞄も、スカートの前で両手を組んで提げている。黒々としたショートカットには丁寧にブラシが通っており、普段より毛先の跳ねが少なかった。

「ねえ、もうちょっとゆっくり歩いてよぉ」

脇目も振らず黙々と直進していると、瑠璃のそんな不平がやや後方から飛んできた。気まずさから無意識に歩みが速くなっていたらしい。

「紺野くんの一歩は、私の二歩なんだから。慌てなくてもまだチャイム鳴らないってば」

「ああ、悪い――」

立ち止まり、謝罪しつつ振り向いた刹那《せつな》。ひときわ強い風が往来を吹き抜けた。

目の前で瑠璃のスカートがフワリと舞い上がる。一瞬だけ露《あらわ》になった彼女の太股、そして無地の白い物体に――孝巳は石化した。

瑠璃が「きゃ！」と悲鳴を上げ、大急ぎで裾を押さえつける。彼女は風が収まるまでその状態でいると、やがて孝巳をジロリと睨《にら》んで小声で問《と》い質《ただ》してきた。

「……見た？」

「…………」

今、スカートの奥に見えたのは、明らかにパンツだった。

それは本来、当たり前のことだ。スカートの中にはパンツがある。アンパンの中に餡《あん》があるのと同じ理屈だ。しかし彼女に限っては違う。有働瑠璃は、真冬だろうと頑としてそれを穿《は》かないからだ。

どうして穿かないのか、その理由は知らない。以前に尋ねてみたが、「あんな物は俗世のしがらみだ。人を堕落《だらく》させる、罪深き因業《いんごう》だよ」と意味不明の答が返ってきた。「お前

「パンツの間に一体何があったんだ」

と孝巳《たかみ》は突っ込んだものだった。目を剥《む》いたまま絶句している孝巳に、再び瑠璃《るり》が「見たの？」と追及してくる。

これまでの孝巳なら、即座にごまかすか、かつて彼女の裸を見てしまったときのように、ひたすら否認を貫いていた。が、今の孝巳にシラを切る余裕はなかった。

「お前、パンツを……」

ノーパン原理主義者のこいつがパンツを。やっぱり違う。こいつは孝巳の知っている有《う》働《どう》瑠璃じゃない。

「もうスケベ！　知らない！」

愕然《がくぜん》としている孝巳に甲高く喚《わめ》き、耳まで真っ赤になった瑠璃が校門へと駆け出す。途中で一度だけ反転し、「イ〜」と並びの良い歯を見せてくる。

孝巳はポツンと立ち尽くしたまま、何のリアクションを取ることもできなかった。

やるせないパンチラというものを、初めて知った。

放課後になると、孝巳はまず翠《すい》と柘榴《ざくろ》のホームルームが終わるのを待ち、二人と合流してから部室へ赴くことにした。

あの「綺麗《きれい》な瑠璃」と二人きりでいても、どう接していいのか分からない。うっかり普段のような対応をして泣かれでもしたら、完全に手詰まりだった。

「すっかり畏縮しちゃってるわね」

「今の紺野《こんの》様は牙の抜けた虎……もとい、シンナーの抜けた不良のようです」

前方で上がった呑気《のんき》な感想に、「いいことじゃねえかよ」と覇気なく反論する。

「ツッコミにもキレがないわ」

「とんだ二次災害でございます」

学校屈指《くっし》の美少女二人。その後ろに子分のごとく付き従う、学校屈指のヤンキー。周囲の生徒たちが揃《そろ》って怪訝《けげん》な目を向けてきたが、気にしている余裕などなかった。またあの瑠璃《るり》に会わなければならない。それがすこぶる憂鬱《ゆううつ》だった。

……数分後。部室にやってきた孝巳《たかみ》たちが見たものは、あろうことか箒《ほうき》で床を掃いている瑠璃の姿だった。

「あ、みんな」

満開の桜のような笑顔を見せ、カッパ少女がいそいそと掃除道具を片付ける。その足で手際よくお茶の用意を始め、さらには鞄からタッパーを取り出し、ポカンと立ちすくむ三人に向けて蓋をパカリと開けてみせる。

「クッキー焼いてきたの。食べて食べてっ」

「………………」

さすがに翠《すい》と柘榴《ざくろ》も呆気《あっけ》に取られたようだ。二人はドアの前で固まったまま、ツチノコでも見るように瑠璃を刮目《かつもく》していた。

「何てモンを焼いてやがる……」

戦慄《せんりつ》に声を震わせた孝巳に、瑠璃が「え〜普通だよぉ」と頭を掻《か》く。絶妙なタイミングで、吹奏楽部の練習する「運命」が遠く聞こえた。辻早苗《つじさなえ》の演奏だろうか。

「チョコレートソースもかけてみたの」

「何てモンをかけてやがる……」

「もう紺野くんってば、普通だって言ってるでしょっ」

いつもと完全にボケツッコミが逆転している孝巳たちを見て、柘榴が「確かにこれは……一大事ですね」と唾を一つ飲み込んだ。

すると、今まで無言で瑠璃を見詰めていた翠が、突然つかつかと歩き出した。

そのまま瑠璃の眼前に立った長身の霊導師《れいどうし》は、不思議そうに見上げてくる幼馴染《おさななじ》みを注意深くしげしげと観察し、ややあってポツリと呟《つぶや》いた。

「これは……霊瘧《れいぎゃく》ね」

「霊瘧？」

思わず復唱した孝巳の横で、柘榴が「やはりそうですか」と低く呻《うめ》く。

霊瘧。意味は不明だが、おそらくそれが彼女たちの心当たりだったのだろう。

「簡単に言うと、霊能者だけがかかる突発的な疾病《しっぺい》よ。症状は霊力の低下、そして軽度の

「せ、精神異常」

「そんな深刻なものじゃないわ。見ての通り、普段と性格が変わってしまうだけ。これは一種の自己防衛なの」

「どういうことだ？」

問うと、翠《すい》が小さく息をついて肩口の髪を払う。艶《あで》やかな栗毛《くりげ》が、窓から差し込む夕日にキラキラと反射した。

「霊能者は、普段から常人より精神を酷使《こくし》しているの。霊感が強い人間というのは、それだけ魂の感度が高いのよ。本来なら見える必要のない霊を感知してしまうのも、魂のアンテナが敏感過ぎるせい……だから、時として精神が疲れてしまうの」

精神の疲弊——そんなことは初耳だった。

静まり返る室内に、ふとサクサクという音が響き出す。見ると、瑠璃《るり》が自席でクッキーを食べていた。自分の話題だというのに、まるで他人事だ。

そんな彼女を捨て置き、翠が話を続ける。

「疲れが許容を超えた精神は、休息を取るため普段の自分を封印する。『即席の人格』を作り、霊的なものとの関《かか》わりだけを記憶ごと遮断《しゃだん》してしまう。その症候を霊瘧《れいぎゃく》と呼ぶの」

それが今の瑠璃だと言うのか。つまり、やけにキュートになってしまったこいつは、本人が眠っている間のサブ人格ということか？

呆然《ぼうぜん》としている孝巳《たかみ》に、柘榴《ざくろ》が捕捉を加えてきた。

「人格が急変してしまう『狐憑《きつねつ》き』という現象も、この霊瘧が原因となっていることがあります。一般的には精神が未成熟な、子供がかかる病気なのですが……」

「私も五歳の頃《ころ》にかかったことがあるわ。まさか高校生にもなって霊瘧になるなんて……そういえばこの子、まだ下の毛も生えてないし……」

そんな翠の嘆声《たんせい》に、瑠璃がクッキーへ伸ばした手を止めた。

「翠ちゃん！　それ内緒だって言ったのに！」

頬《ほお》を紅潮させて親友の肩をポカスカ叩《たた》き出《だ》したカッパ少女に、目が釘付《くぎづ》けになる。

……正直、ちょっと可愛《かわい》い。胸がキュンとしてしまう。そんな自分が嫌だった。

「なあ、こんな状態で幽鬼《ゆうき》を制御できるのか？」

瑠璃は、幽鬼という桁外れの怨霊《おんりょう》をその身に六体も憑《つ》けている。霊的なものを一切遮断している現在、彼女はとても危険な状況にあるのではないだろうか。

孝巳の危惧《きぐ》に、しかし翠はあっさり首を振った。

「それは心配ないわ。この病気は、霊感まで失われるわけではないから。少しは抑制力が落ちるかもしれないけど、下手に刺激を与えなければ大丈夫よ」

「そ、そうか」

気付けば、瑠璃《るり》はいつしか逆上を収め、再び幸せそうにクッキーを食べていた。

心なしか、食べ方もいつもより行儀がいい。小さなクッキーを半分ほどかじり、口を押さえてモゴモゴと咀嚼《そしやく》している。ポテトをポイポイと口に放り込んでいた少女と同一人物だとは、とても思えなかった。

「瑠璃様はこの数ヵ月《すうかげつ》、風邪を引いたまま【負統合《ふとうごう》の儀《ぎ》】を行使したり、朽縄《きゆうじよう》と二度も戦闘を行ったりと、霊能を極度に乱用されてきました。もしかしたら、それが影響しているのでは……」

「理由は分かったけど、どうすれば治るんだ？」

事情は把握した。ただ、この状態がいつまで続くのか？　目下の問題はそこだ。

気が気でない孝巳《たかみ》とは対照的に、当の瑠璃は能天気に翠《すい》へとタッパーを差し出す。「早くしないとなくなっちゃうよ？」と言われ、長髪の美少女は仕方なくクッキーを一つ摘み取った。

「昨夜も言ったけど、霊瘧《れいぎやく》には具体的な治療法がないの。本人の精神が回復するまではこのまま……普通は数日で元に戻るけど、人によっては数週間かかることもあるわ」

「翠ちゃん、美味《おい》しい？」

「ええ」

頷《うなず》いた翠に、瑠璃が嬉《うれ》しそうに小さくガッツポーズをする。どうやら本当に、霊に関することは耳に入っていないみたいだった。

「ねえ、翠ちゃん」

「何？」

「今日泊まりに来ない？　たまには一緒に寝ようよ～」

子猫のようにジャレつかれ、翠が露骨に顔を引《ひ》き攣《つ》らせる。

いつものような対応ができず、彼女は「ちょ、調子が狂うわね……」と、とうとう本心を白状した。

「あ、もちろん柘榴《ざくろ》ちゃんも！　パジャマパーティーしよ！」

次いで矛先を向けられ、柘榴がウッと仰《の》け反《ぞ》る。顔が物凄《ものすご》く嫌そうだった。

「……可愛《かわい》らしい瑠璃様を、初めて拝見致しました」

この瑠璃が苦手なのは、みんな同じのようだ。

5

それから間もなく。学校を出た孝巳は、駅への道を一人トボトボと歩いていた。

とてもじゃないが部活をする気にはなれなかった。あの瑠璃を前にして、ネタ稽古ができるわけもない。「漫才やるの？　見たい見たい！」などと言って無邪気に目を輝かせたカッパ少女を思い出し、悪寒《おかん》に体がブルリと震えた。

（妙なことになっちまったなぁ……）

原因が判明したのはいいが、事態は何ら好転していない。霊瘧《れいぎゃく》とやらが自然治癒するまで、彼女はあの状態のままということだ。

かつて孝巳《たかみ》は瑠璃《るり》に対して、何度となく「これでまともな中身をしてれば……」と思ってきた。なまじルックスが良いだけに、それが非常に残念だった。だが、いざまともになってしまった彼女が……こんなに扱いづらいとは思わなかった。

（アレは有働《うどう》だと思っちゃ駄目だ。これまでみたいな接し方は命取りだ）

何せ今の瑠璃は、孝巳が少し声を荒らげただけで身をすくませてしまうのだ。軽くジロリと見据えただけで、怖がって下を向いてしまうのだ。その上「ボタン取れかけてるよ」とブレザーを繕《つくろ》われては、もうどうしていいのか分からない。

現に孝巳は今、翠《すい》と柘榴《ざくろ》に彼女を押しつけ、逃げるように部室を飛び出してきた。二人だって瑠璃の対処には困っているだろうに……その罪悪感が、足取りをさらに重くする。

……憂悶《ゆうもん》に浸りながら歩いていると、いつしか駅前だった。

時刻は午後五時前。まだ帰宅ラッシュには早く、行き交う人々はさほど多くない。駅舎の上を見上げると、ちょうど家の方向へと各駅停車が出てしまったところだった。

（ついてないな……）

心の中で愚痴《ぐち》ったその時。いきなり通行人が眼前ギリギリを横切り、孝巳は慌てて足を止めた。もう少しでぶつかるところだった。

咄嗟《とっさ》に「すいません」と謝るも、相手の男はこちらを一瞥《いちべつ》すらせずフラフラと歩き去っていく。酔っ払いかと思ったが、特に酒の臭いはしなかった。

ケバケバしい原色の青スーツを着た、オールバックの男だった。年齢は三十代後半くらいだろうか。ダラリと両手を下げ、これでもかと背筋を丸め、歩調がやけに不規則だ。すれ違い様に垣間見《かいまみ》えた横顔は酷《ひど》くやつれており、病的に顔色が悪かった。

(生邪魔《いちじゃま》みたいな人だな……)

佇《たたず》んだまま、何となくその背中を見送る。ちなみに生邪魔とは、「生霊《いきりょう》」を指す霊導師《れいどうし》の専門用語だ。

――と、男が足を止めた。

苦悶《くもん》するように頭を掻《か》きむしり、後ろに向けて何度も腕を振り払っている。その背後に一瞬だけユラリと人影が浮かんだのを、孝巳は見逃さなかった。

(霊……?)

今、確かに男の後ろに何かがいた。すぐに消えてしまったので自信はないが、髪の長い女だったように思う。

もしや彼は、怨霊《おんりょう》に取《と》り憑《つ》かれているのか？　だとしたらあの衰弱した様子にも得心がいく。あそこまで酷《ひど》くはなかったが、孝巳《たかみ》も一応は経験者だ。

(憑《つ》いてるのが守護霊なら、ああはならないはずだ。本当に怨霊《おんりょう》なら……少しマズいな)

気付けば孝巳は、再び歩き出した男の後を追っていた。

下手に関《かか》わるべきではないことは分かっていたが、このまま知らぬ顔をするのも寝覚めが悪い。深入りしない程度に、とにかく追える所まで追ってみよう……そんな漠然《ばくぜん》とした使命感だった。

しかしその追跡は、孝巳にとってさらなる悪夢の追い打ちであり、さらなる事件の呼び水となってしまった。


孝巳の尾行に感付くこともなく、男は夢遊病者《むゆうびょうしゃ》のように漫然《まんぜん》と歩いていく。

横断歩道を渡り、路地を左右に曲がり、まるで目的地などないように街をさまよい続ける。何もない地面でつまずき、電柱に肩をぶつけ、すれ違う人たちの奇異なる視線を受けながらも、構わず機械的に足を動かしている。

……そんな徘徊《はいかい》を十分ちょっと続けたのち、やがて彼はマンション脇の小さな公園に入り、そのまま脱力してベンチに座り込んでしまった。頭を抱え、何かをブツブツと呟《つぶや》いているようだが、距離があるため聞き取れなかった。

(これ以上は無理か)

公園の入口で携帯を弄《いじ》る振りをしてみたが、さすがにいつまでもここにいては怪しまれるだろう。相手はあまりガラの良い人間に見えない。逆に絡まれては本末転倒だ。

一応、翠《すい》に報告だけはしておこう……そう決めて踵《きびす》を返しかけたところ。

いきなり男が体を起こし、目玉を剥《む》いて天を見上げた。

「あがっ、うぐ……！」

もがくように足をバタつかせ、自身の首辺りを両手でガリガリと掻《か》いている。その異状の原因が、孝巳には一目瞭然《いちもくりようぜん》だった。

男の背後から——半透明の女が首を絞めていたのだ。

「！」

仰天すると同時に、孝巳の体はすでに動いていた。

苦しむ男へと一直線に走りつつ、深く息を吸い込む。滑り込むように男の前へ躍り出ると、すかさず後方にいる女へ向けて渾身《こんしん》の怒号《どごう》を放つ。

「ゴルァァァァー！」

狭い園内に轟《とどろ》いた雄叫《おたけ》びに、女の霊がビクリと反応した。直後に彼女は大きく体を反り返らせ、吹き飛ばされるようにその姿を掻《か》き消《け》した。

一喝《いっかつ》によって霊を怯《ひる》ませる《喝破《かっぱ》》。突発的事態だったが、修行の甲斐《かい》あって何とか成功してくれた。

「大丈夫ですかっ?」

霊能が発動した安堵《あんど》もそこそこに、すぐさま男の容態を確認する。

彼は数秒前までの悶絶《もんぜつ》が嘘《うそ》のように、ポカンと口を半開きにしたまま呆然《ぼうぜん》と孝巳《たかみ》を見詰めていた。今は瞳《ひとみ》の焦点も合っており、血色が幾分ましになっている。

「今のは、君が……?　君が助けてくれたのか?」

こちらを穴が空くほど凝視しながら、男が訊《き》いてくる。

どう答えたものか迷い、孝巳は「いえ」と否定しながら頷《うなず》くという曖昧な返答をしてしまった。

「君は、もしかして霊能者か?」

危機から逃れた喜びすらなく、男が興奮気味に詰め寄ってくる。その両目は真剣そのものので、藁《わら》にもすがるような懇願《こんがん》の色を湛《たた》えていた。

「頼む!　除霊をしてくれ!」

「え?」

唐突な叫声と同時に、男が泣きつくように胸へ飛び込んでくる。幸い公園には他に誰もおらず、二人の怪しい姿を見ている人間はいなかった。

「後ろに女がいるんだ!　もう二週間も前から、ずっといるんだ!」

今はいない。孝巳の《喝破《かっぱ》》によって退散した。本人に害をなそうとしている以上、やっぱりあれは守護霊ではなく怨霊《おんりょう》だったのだろう。

とにかく、明確な霊障《れいしょう》を受けている以上は放っておくわけにもいかない。孝巳はとりあえず男をベンチに座らせ、落ち着かせるように背中を優しく摩《さす》った。恋人を気遣う彼氏のような気分だった。

「さっきの霊は、知っている人間ですか？」

「知らん。見たこともない女だ……」

「最近、誰かの死に強くショックを受けたり、悔やんだりしたことは？」

「ない。少なくとも、あんな女に心当たりは何一つない」

「そうですか……」

孝巳にはこれくらいの問診しかできない。霊力制御の鍛練は続けているが、所詮は半人前の素人なのだ。

付け焼き刃の生兵法で除霊などをするべきじゃない。彼がそれを望むなら、しかるべき人間に頼むべきだ……孝巳がそう勧告しようとしたとき。

「――兄ちゃん、質問を変えるべきだな」

突然そんな声が飛んできて、孝巳ははたと入口方向へ視線を転じた。

そこにいつの間にやら、こちらへと歩いてくる第三者の姿があった。

やけに装飾品をジャラジャラと付けた、横に座る男以上にガラの悪そうな男だ。ツンツンと逆立った頭髪に、レザーのロングコート。くわえ煙草《たばこ》にサングラスという風貌だが、年齢は若く見える。第一印象は怪しげなキャッチセールスの青年といった感じだった。

孝巳《たかみ》たちの前に立ったツンツン頭は、ニヤニヤしながら名乗ることもなく話を続ける。

「一番手っ取り早いのは、こう訊《き》くことだ。『あんた、誰かに恨まれる覚えはないか？』ってな」

「う、恨まれる覚え？　そんなもの……」

孝巳の隣で男がベンチから腰を浮かし、しかしすぐに口籠った。明らかに心当たりがある態度だった。

その心中を見透かしたように、ツンツン頭が嗜虐《しぎやく》的にせせら笑う。

「まさか『ない』とは言えねぇよなあ。高利貸しなんてやってりゃ、恨まれるのも箔《はく》のうちってモンだろ？　なあ、稲垣昌造《いながきしようぞう》さんよ」

「ど、どうして私の名前を……」

「ま、悪どい商売してりゃこういうこともあるさ。せいぜい苦しんでくれや」

そんな二人のやり取りを、孝巳はただ当惑して聞いているしかなかった。

孝巳が助けた稲垣昌造という男は、タチの悪い消費者金融をやっているのか。じゃあ彼に憑《つ》いている女性の霊とは、その被害に遭って自殺した債務者か？　稲垣の無意識の罪悪感が、彼女を引き留め怨霊《おんりよう》にしたのか？

必死に事情を整理しようとする孝巳をよそに、稲垣昌造が噛《か》みつくように反論する。

「待て！　ウチの客にあんな女はいない！　仮にその家族や恋人だったとしても、恨むべきは金を借りた人間だろう！」

「分かってねえな、稲垣さん」

サングラス越しに冷ややかな視線を向けたまま、ツンツン頭が煙草を捨てる。吸殻を踏みにじり、歌うように二の句を継ぐ。

「人を恨むのは死人じゃねえ。生きてる人間だ」

「………………」

「あんたを恨んでるのもそうだぜ。あんたから金を借りて、あれよあれよと不当な額の利息をむしり取られ、首吊《つ》る一歩手前までいっちまった――まだ生きてる人間だよ」

内情の全てを把握しているがごとく、青年は饒舌《じょうぜつ》に語る。

「最後に残ったなけなしの金で、裁判なり起こすこともできたかもしれねぇが……人間ってのは正直だよな。そいつはその金を、あんたを呪うために使った」

「わ、私を呪うため……？」

「あんたの言う取り、あの女は無関係の怨霊だ。だが、今は半端なくあんたを恨んでいる。何故《なぜ》だか分かるかい？」

謎《なぞ》の青年は一度そこで言葉を切り、「そういう意思を与えたからだよ」と事もなげに言い放った。

「待てよあんた！　それはどういうことだっ？」

そこで孝巳《たかみ》はようやく立ち上がり、二人の会話に割り込んだ。

死者の意思は、生者が決める――このツンツン頭はそれを知っている。それだけじゃない。稲垣昌造《いながきしようぞう》の素性《すじよう》も、憑《つ》いていた怨霊《おんりよう》のことも、全《すべ》て承知した上でここに現れた。

一体何者だ、と問い詰めようとするより先に、相手が煩《わずら》わしげな舌打ちと共に孝巳を睨《にら》んできた。

「黙ってな兄ちゃん。ビジネスの邪魔すんじゃねえよ」

「ビ、ビジネス？」

意味が分からず繰り返した孝巳に構わず、彼はやっと自己紹介を行った。

「俺は美濃部春喜《みのべはるき》。与霊師《よれいし》だ」

「与霊師……？」

聞き覚えのない肩書きだ。もちろん孝巳は、霊導の世界に深く精通しているわけではない。が、そんな名称は瑠璃《るり》たちからも聞いたことがない。

「簡単に言や、『呪い代行者』ってトコかな？　あんたに怨霊を憑《つ》けたのは俺だよ」

美濃部春喜の言葉に、稲垣が息を呑《の》む。その横で孝巳も息を呑《の》んでいた。

「悪いが、依頼人が誰かは言えねえ。あんたの霊を落とすこともできねえ。こっちも商売でやってる以上、信用ってモンがあってな。だが――商売でやってるからこそ、あんたからの依頼もウェルカムってわけだ」

　美濃部が邪悪にニッと唇を歪《ゆが》める。腰を折ってズイと顔を突き出すと、彼はそこで初めてサングラスを外した。異様に鋭い、狐《きつね》目の三白眼《さんぱくがん》だった。

「稲垣さんよ。自分を呪いやがった相手を……呪い返してやりたくはないか？」

「呪い、返す？」

「俺はそいつの味方ってワケじゃねえ。金さえ貰《もら》えるなら、客の選《よ》り好《ごの》みはしねぇよ」

「…………」

「ま、考えといてくれや。しばらくはこの町にいるから、気が向いたら捜してくれ」

　それだけ告げると、用事は済んだとばかりに美濃部が身を翻す。口笛を吹きながら悠々と引き揚げるその背中に向けて――

「ちょっと待てよ」

　孝巳は強い口調で制止を投げかけ、ブレザーを脱ぎ捨てていた。

6

「あん？」

孝巳《たかみ》の声に、美濃部春喜《みのべはるき》が足を止めて振り返ってきた。

三白眼《さんぱくがん》の瞳が、威圧的にこちらを射抜く。その炯眼《けいがん》を迎え撃つように、孝巳は大きく一歩踏み出した。

「依頼を受けて人に怨霊《おんりょう》を憑《つ》ける……あんたこそ酷《ひど》く悪どい商売をしてるな」

そんな稼業をこの一帯で行うことを、鴫原翠《しぎはらすい》が許すはずがない。こいつはきっと正式な霊導師《れいどうし》なんかじゃなく、モグリの霊能者だと考えるべきだろう。

品定めするように孝巳を観察し、美濃部が面倒臭げに新たな煙草《たばこ》を口にくわえた。

「フン。どうやらお前も霊能者みたいだな。そのツラの傷を見るに、どのみち堅気《かたぎ》じゃねえのは分かるが」

あけすけな揶揄《やゆ》に「ほっとけよ」と返し、さらに間合いを詰める。四メートルほどの距離で対峙《たいじ》したまま、孝巳は体内の霊力を急ピッチで練り上げ始めた。

……次第に体が熱を帯び、五感が研ぎ澄まされていく。園内の木々の揺れ、風に舞う落ち葉の気配、自身の血流の音までもが、普段より明瞭に感じ取れる。

相手の実力は未知数。しかも《喝破《かっぱ》》を見られてしまっている。このまま戦闘になるなら、多少の劣勢は覚悟せねばならない……そんな心積もりをした孝巳とは裏腹に、美濃部はあくまで泰然自若《たいぜんじじゃく》と構えていた。

「ところで兄ちゃん、さっき何をした？　どやしつけて霊を吹っ飛ばすなんざ聞いたことねえぞ。ありゃどういう霊能だ？」

（こいつ、《喝破》を知らない……？）

無表情を装《よそお》いながらも、心の中で首を傾《かし》げる。

黙秘を貫く孝巳をよそに、美濃部が大儀そうに煙草に火をつけた。その余裕に満ちた振る舞いは、こちらを全く脅威と見なしていない意思表示のように思えた。

「お前、俺が憑《つ》けた怨霊をどうしたわけ？　成仏させたのか？」

「さあな」

一時的に退散させただけだが、あえてそれを教える必要はない。

「ま、どうだっていいけどよ。俺の仕事は、単に『怨霊を憑ける』だけ。その後のことは知ったこっちゃねぇ」

「ずいぶん勝手な話だな」

「死人を誰がどう使おうと自由だろ？」

紫煙を燻《くゆ》らせながら彼が発した言葉は、皮肉にも有働瑠璃《うどうるり》と同じ主張だった。

この世は生者のもの。死人とはその舞台から降りた者。役に立つ霊は利用し、立たない霊は放っておく——合理的な考えなのだとしても、孝巳は今でもそれに納得していない。

「……霊を弄ぶようなことはやめろ」

込み上げる戦意も露《あらわ》に、両拳《こぶし》を強く握る。

この美濃部春喜《みのべはるき》なる男の素性《すじょう》など知らない。しかし霊を使った蛮行を為《な》すなら、無視することはできない。人に怨霊《おんりょう》を憑《つ》ける……それをビジネスと吐くこの男を、孝巳《たかみ》はこの場できっぱりと否定せねばならない。

死者は悼み、尊び、あの世へ還《かえ》すもの。それが孝巳の変わらぬ主張なのだから。

美濃部の様子を油断なく注視する。が、彼は相変わらず無防備のまま、小馬鹿にするように煙の輪っかなどを作っていた。

「兄ちゃん。この町の人間か？」

「だったらどうした」

「この町の霊能者なら、有働瑠璃《うどうるり》って怨霊師を知らねぇか？」

「……答える義理はねえ」

素知らぬ顔で返答をする。しかし、内心は平静でいられなかった。

(有働、だと？)

何故《なぜ》こいつから瑠璃の名前が？　確かに彼女は、霊導界においてかなりの有名人だ。それも、どちらかと言えば悪名の方で知られている。まさか瑠璃は、与霊師《よれいし》なんていかがわしい人種とまで交流を持っていたのか？

「その有働瑠璃ってのに、何の用がある？」

「その人はな、俺たち与霊師の教祖様だ。俺は有働瑠璃に弟子入りするために、この町に来たんだよ」

「で、弟子入り？」

「せめて顔くらい分かってりゃなあ……何せ俺も仕事があるからよ、どうしてもそっち優先になっちまって、なかなか手掛かりが掴《つか》めねえのよ」

「詳しく聞かせてもらおうか」

ますますこいつを捨て置けなくなった。このどう見ても真っ当ではない男を、瑠璃に会わせるわけにはいかない。少なくとも、霊瘧《れいぎゃく》を患っている今の瑠璃には。

「おいおい、質問してんのは俺だぜ。どうなんだよ、知ってんのか？　知らねえのか？」

「先にお前が全部答えろ。嫌だってんなら……」

「あ？　勝負しようってのか？　やめとけやめとけ、兄ちゃんじゃ相手になんねえよ」

「霊を――玩具《おもちゃ》にするんじゃねえ！」

宣戦布告の怒号《どごう》を上げて、孝巳は猛然《もうぜん》と土を蹴った。初動は申し分なかった。

だが、美濃部に掴みかかろうとした刹那《せつな》、伸ばした手が衝撃と共に弾かれた。次いで巻き起こった破裂音の連鎖に全身を叩《たた》かれ、もんどりうって地面を転がる。

「な……！」

体中を打ちつけながらも、何とか跳ね起きて体勢を整える。

何が起こったのかは、すでに理解していた。ラップ音、そして攻撃を阻んだ見えない障壁……これまでにも身をもって体験したことのある現象だ。

「か、《空礫《からつぶて》》だと……」

驚愕《きょうがく》する孝巳《たかみ》に肩をすくめ、「だから言ったろ?」と含み笑う美濃部《みのべ》の背後に──三つの人影があった。

やはり怨霊《おんりょう》か。憑《つ》いている霊たちが、祟《たた》り主《ぬし》の危機に反応して守ったということか。この男は、霊を商売道具にしている……ならばその可能性を考慮に入れるべきだった。

(だったら、まずは怨霊を《喝破《かっぱ》》で追い払う。そうすりゃ美濃部は丸裸に……)

そんな対策を講じた次の瞬間。思考が停止した。

美濃部の後方へ視線を注いだまま、孝巳は氷のように固まっていた。

「え──」

姿を見せた三体の怨霊。一人は痩せた老婆。一人は小学生とおぼしき子供。一人は制服を着た高校生。

その高校生を見たとき、孝巳は一切の状況を忘れ、さらには呼吸すら忘れていた。

「小田、切……?」

それは──紛《まぎ》れもなく小田切和人《おだぎりかずと》だった。

中学時代、野球部のチームメートでありライバルだった少年。その後、不幸にも若くして命を落とし、孝巳がその魂を引き留めてしまった少年。紺野《こんの》孝巳を有働瑠璃《うどうるり》に巡り合わ

せた、あらゆる意味で特別な友人……

「俺に突っかかっても無駄だ。俺が傷付くのを、こいつらが許さねえ」

真っ白になった意識の中、美濃部《みのべ》の声がノイズのように耳朶《じだ》を打つ。

「怨霊《おんりよう》にゃこういう使い方があるのよ。この手法を確立させた偉大な怨霊師様が――有《う》働瑠璃《どうるり》ってわけだ」

「小田切《おだぎり》……」

状況が整理できない。いつしか練り上げた霊力も霧散していた。

何故《なぜ》？　どうして？　他人の空似か？　違う。あれは間違いなく小田切だ。成仏したはず。あの世に還《かえ》ったはず……そんな疑問がグルグルと旋回《せんかい》し、どこにも着地しない。

「何で……小田切が……」

フリーズ状態のまま自失している孝巳《たかみ》を残し、美濃部が踵《きびす》を返して歩き出す。

それを追うこともできず、呼び止めることもできず、孝巳はただ小田切の名を呪文のように繰り返すしかなかった。

数分後。ようやく体が動くようになった頃には、稲垣《いながき》すらも公園から逃げ去っていた。

第二章　与霊師《よれいし》のルーツ

1

美濃部と稲垣に去られてしまった孝巳は、仕方なく自身も公園を後にした。

足を無意識に動かし、フラフラと蛇行しながら道を進む。行きがけとは打ってかわり、今では自分が不審者のようだった。

（どうして小田切が……）

動揺は未《いま》だ収まらず、脳内では先ほどの光景が延々と再生されている。気付いた頃《ころ》には駅が目前だったが、どうやって戻ってきたのかよく覚えていなかった。

（あいつはあの世へ行った。俺が送り還したはずだ）

孝巳が引き留め、怨霊としてしまった故人・小田切和人《かずと》。瑠璃の助けを借り、意思を与え直し、彼は確かに成仏した。なのに……

数ヵ月《すうかげつ》振りに見た小田切の形相《ぎようそう》は、以前より一層激しい怒りに満ち満ちていた。

あの怒りは、孝巳が与えた負情念。孝巳自身の罪悪感や負い目だったはず。そして、それはすでに払拭《ふつしよく》されたはずだ。

分からない。どうして小田切の霊がまだこの世にいるのか。

どうして怨霊《おんりょう》のままなのか。

どうして美濃部春喜《みのべはるき》なる与霊師《よれいし》に憑《つ》いているのか。

……答の出ない自問を繰り返しているうちに、いつしか孝巳《たかみ》は電車に乗り、一駅隣のプラットホームへ降り立っていた。改札を抜け、緩慢《かんまん》な足取りで駅舎を出る。

自宅の最寄りであるこの駅は、付近にスーパーや商店が集中し、北出口にはバス停のロータリーもある、地域住民の生活拠点だ。しかし遊べるようなスポットは特になく、若者は五駅離れた繁華街へと繰り出すのが定番となっていた。そういえば中学の頃《ころ》は……この駅前まで小田切《おだぎり》と帰り道が一緒だった。

「――あ、紺野《こんの》くん」

ちょうどスーパーの前を通過しようとしたとき。

横手で自動ドアが開き、出てきた誰かが孝巳の名を呼んできた。顔を向けると、そこにいたのは瑠璃《るり》だった。

「有働《うどう》……」

「えへへ。一時間ちょっと振りだね」

すでに私服に着替えており、膨らんだビニール袋を両手に持っている。彼女はえっちらおっちら歩み寄ってくると、ほんわかとした笑顔で孝巳を見上げてきた。

「ちょっとお買い物してたの。今日はカレーなんだけど、ルーが足りなくて」

「…………」

「ついでにお菓子たくさん買っちゃった。今夜はパジャマパーティーだからっ」

楽しげに声を弾ませる少女を、無言で見詰め返す。気付けば孝巳は鞄《かばん》を地面に落とし、彼女へ一歩詰め寄っていた。

「有働」

「ん？」

「小田切が」

「え？　小田切くん？」

「小田切が、成仏してない」

細い肩を揺さぶり、すがるように答を乞う。

「何でだっ？　あいつは俺が意思を決め直して、ちゃんと成仏させたはずだろ？　何で……何でまだこの世にいる!?」

夢中で捲《まく》し立《た》てた直後、はたと我に返る。怯《おび》えたように硬直している瑠璃から慌てて手を放し、「……すまん」と詫《わ》びを入れる。

軽率だった。今の瑠璃に霊のことを言ってもどうしようもない。霊瘧《れいぎゃく》にかかっている彼女には、その類の話は一切通じないのだ。

唇を噛《か》んで項垂《うなだ》れていると、やにわに瑠璃が下からヒョイと顔を覗《のぞ》き込《こ》んでくる。人懐っこい微笑を浮かべたまま、彼女は子供をあやすように言ってきた。

「紺野《こんの》くん、私の家に来る?」

「え?」

「お泊まりはダメだけど、カレー食べていきなよっ。それで、翠《すい》ちゃんと柘榴《ざくろ》ちゃんに相談してみようよ。ね?」

「………」

「ゴメンね。私じゃよく分からないから……」

「謝るなよ。仕方ないさ」

話は理解できないまでも、ただならぬ孝巳《たかみ》の様子を心配してくれたのだろう。こいつにこういう気遣いをされると、逆に戸惑ってしまう。

「決まり! さ、行こ行こ!」

元気な声を上げ、彼女が回れ右をする。翻ったスカートから伸びる細い足が、軽やかなステップを踏んで歩き出した。

鞄を拾い、とにかく追従《ついじゅう》する。横に並ぶと、瑠璃《るり》がポケットから取り出したカイロを強引に握らせてきた。

「はい、あげる」

「あ、ああ。お返しに荷物持つよ」

「ありがとっ」

スーパーの袋から解放されると、身軽になった瑠璃がパタパタと走り出した。少し行っては立ち止まり、孝巳が追いつくとまたすぐに駆けていく。まるで子犬のようだった。

「おい、すっ転ぶぞ」

「こけないよーだ」

今度はスキップを始めた彼女に、ついやれやれと苦笑が漏れる。無邪気にはしゃぐその姿は、鬱屈《うっくつ》した心を少しだけ軽くしてくれた。

……しばらくそんなことを続けながら二人して坂道を上っていると、前方にひときわ大きな建物が見えてきた。

茶色い煉瓦《れんが》仕様の、高級そうなマンションだ。入口には金色のレリーフが埋め込まれており、「コーポ・ルリポン」と刻まれてある。彼女の実家である一軒家から、徒歩十分とかからない場所だった。

瑠璃に続いてオートロックのドアを抜け、広々としたエントランスを横切りエレベーターに向かう。階段で行くことを提案すると、「八階だよ？　無理無理！」と却下されてしまった。

仕方なく乗り込んだエレベーターが上昇を始めると、所在なく隣の少女を一瞥《いちべつ》する。その横顔はいつもと全く変わらない。こうしていると今にもボケ出しそうだった。

「クラスのみんなは、ビックリしてないか？」

「してる、かな。特にさっちゃんは、いつも以上に『やだやだ』言ってるよ。普段の私、そんなに変かなあ」

無理もない。瑠璃《るり》の豹変《ひょうへん》はクラスメートにとっても青天《せいてん》の霹靂《へきれき》であるはずだ。一時的な現象と知っている孝巳《たかみ》はいいが、きっと彼らは恐慌状態に陥っていることだろう。

いずれ元に戻るから心配無用だと、できれば伝えてやりたい。数日間、穏やかな日々を過ごせる……そう前向きに捉えて欲しい。

「なあ有働《うどう》、試しにちょっとボケてみてくれよ」

「や、やだよ。恥ずかしいもん」

「頼むよ、笑ったりしないから」

「それって滑ってるんじゃない！」

こちらの肩をペチンと叩《たた》き、瑠璃がおかしそうに笑う。彼女のツッコミというのも何だか新鮮だった。

こういう有働瑠璃も……案外悪くないのかもしれない。

「どうぞ、上がって」

招かれるままに通された瑠璃の私室は、小綺麗《こぎれい》ではあるがやけに多趣味《たしゅみ》な空間だった。

リビング近くにある二つの部屋をぶち抜いて一部屋に改装した、翠《すい》のそれにも劣らない広い一室だ。テレビやベッドやデスクは定番として、ベランダを除く三方の壁が全て本棚で埋め尽くされている。並ぶ本は漫画から分厚い専門書まで多岐《たき》に渡り、中には映画やゲームのパッケージが敷き詰められた領域もあった。

と、足下にバケツがあるのに気がつく。ごくありふれた、標準サイズの青いポリバケツだ。中に水はなく、代わりに輪っか状に束ねられた長いチューブが入っていた。

「そのバケツに、ジュースと氷をいっぱい入れておくの。部屋のどこにいても吸えるようにって。でも肺活量の問題でボツになっちゃった」

……馬鹿かあいつは。

心の中で突っ込むだけにして、改めて部屋を眺める。

(そっか、ここが有働の本当の部屋……)

以前、引っ越したと知らずに訪れた彼女の実家とは大違いだ。ファンシーなグッズなど何一つない、全体的な色合いもどこか渋めの硬派な空間だが、漂う雰囲気がそこはかとなく「瑠璃色」だった。……知り合ってから約半年、ようやく見ることができた。

興味深げにキョロキョロしていると、一旦退出していた瑠璃がティーカップを乗せたトレイと共に戻ってきた。中央の小さな木製テーブルに、向かい合わせで腰を下ろし、しばし二人で紅茶をすする。

「男の子を家に上げるの、初めてなんだ。エッチな気を起こしちゃダメだよ？」

「起こしてたまるか……」

苦々しく返したものの、実は玄関のドアを開けられたときから緊張していた。

大きな声では言えないが、孝巳《たかみ》の女の子へのストライクゾーンは割と下方に広い。さすがに小学生を恋愛対象に見ることはないが、瑠璃《るり》の外見なら充分に範囲内だ。

これまでは彼女の性格のせいで、さほど意識はしてこなかった。ネタ作りのため部室に泊まり込んだこともあったが、特に何とも思わなかった。でも、今は少し勝手が違う。正直、『普通の女の子である瑠璃』は――なかなかに好みのタイプだった。

（そういや俺、野球でも低めのボールが好きだったな。なのに巨乳も好きって……節操《せっそう》がないだけなんじゃ？）

急激に居心地の悪さを感じ、あえて話題を蒸し返してしまう。

「そ、そうだ有働《うどう》。美濃部春喜《みのべはるき》って男を知ってるか」

「ミノべさん？　ううん、知らないよ」

「小田切《おだぎり》のことは……覚えてるんだよな？」

「うん。まさかあんなことになるなんて……」

多分それは怨霊《おんりょう》の小田切ではなく、彼の死そのものを言っているのだろう。

やはり今の瑠璃には何を訊《き》いても無駄だ。彼女には悪いが、すぐにでも翠《すい》と柘榴《ざくろ》に来てもらいたい。早急に事情を告げ、見解を伺いたい。

そんなことを考えていたところ、ドアに貼られた紙が目に止まった。

内側に貼ってあったので、今まで気付かなかった。半紙に墨汁《ぼくじゅう》で力強くしたためられている文字は、『一日百笑』という謎の標語だった。

孝巳の視線に倣い、瑠璃が恥ずかそうに頭を掻《か》く。

「ああそれ？　有働家の家訓なの。パパが書いたんだよ」

「……そうか」

「百笑っていうのは、あくまで目標らしいけど……私には十笑でもハードルが高いもん」

肩をすくめてカッパ少女が苦笑いする。

お笑い精神を真っ向から放棄したそのセリフに、孝巳は何も返せなかった。

2

それから三十分ほど経《た》つと、ようやく翠と柘榴がやってきた。

「紺野《こんの》くん？」

お菓子の入ったコンビニ袋を手に現れた制服姿の二人が、思いがけない先客に目を丸くする。逃げるように部活を早退した孝巳がそこにいたのだから、面食らうのも仕方ない。

「どうしたの？　まさか貴方《あなた》、パジャマパーティーに参加するつもり？」

「違う」

「酷《ひど》いです紺野《こんの》様。私の誘いは断ったのに……この三塚栢榴《みつづかざくろ》、父に顔向けできません」

「お前のエロネタは親の公認なのか」

ツッコミもそこそこに、早速二人に今日の出来事を説明する。稲垣昌造《いながきしようぞう》。美濃部春喜《みのべはるき》。そして小田切和人《おだぎりかずと》……できるだけ詳しく語っていると、途中で瑠璃《るり》がカレーを運んできてしまったので、後半は夕食がてらとなった。

「――驚いたわ」

報告が一段落すると、ちょうど三杯目のカレーを平らげた翠《すい》が、口許《くちもと》をティッシュで拭きながらそう言った。

その食べっぷりをニコニコと眺めつつ、瑠璃が上機嫌にお皿を下げようとする。すると翠がすかさず四杯目のおかわりを彼女に要求した。……こっちが驚きたかった。

「紺野くん。貴方、また先回りして事件に絡んでいたの？」

「え……」

意味が分からず眉をひそめた孝巳《たかみ》を置いて、翠がカレーに取りかかってしまう。

食欲旺盛極まる総帥《そうすい》をフォローするように、栢榴が話を引き継いだ。

「与霊師《よれいし》・美濃部春喜のことは、昨日の会議のまさに主題でありました。最近この鴫原《しぎはら》家の管轄地で、霊を使った良からぬ商売をしている輩《やから》がいる、と」

「そうだったのか」

　彼女たちが昨日の部活を欠席した理由が、まさに美濃部の事案を話し合うためだったとは。やはりあの男は、そういう存在だったわけだ。

　カレーを瞬く間に半分ほど食べたところで、翠が一度スプーンを止め、淡々と美濃部の情報を連ねていく。

「美濃部春喜、十八歳。千葉の県立高校を中退して以降、ずっとフリーターをしていたみたい。霊能者だという情報は、最近まで入っていなかったわ。最初は地元で細々と除霊を請け負っていただけのようね」

「もうそこまで分かってるのか」

「もちろん調査済みよ。……美濃部がやってきたのは五ヵ月ほど前。この町でもすでに除霊師として、何件かの仕事をこなしているわ」

「除霊師？　あいつは自分のことを『与霊師』って言ったぞ」

　孝巳の指摘に、翠はムスリとしながら「問題はそこね」と指先でスプーンを翻した。

「霊に関する仕事をしている人は、世の中に大勢いるわ。私たち霊導師《れいどうし》は基本的に、よほど法外な料金を取ったりしない限り、そういった人たちに介入しない。その点、美濃部の料金は常識的だし、彼が『除霊』だけを生業《なりわい》にしているうちは問題なかったのだけど」

「与霊師《よれいし》となると、話は別ってことだな」

霊の悪用を阻止《そし》する。それも彼女たち霊導師《れいどうし》の仕事の一つだ。与霊師などは取り締まりの最たる対象だろう。

「そうよ。ただ……」

そこで翠《すい》が言い淀《よど》む。

訪れた沈黙の中、ピッという電子音が短く鳴った。瑠璃《るり》がエアコンのリモコンを押して設定温度を上げたのだ。

「とにかく、一つずつ説明していくわ。少し専門的になるから頑張ってついてきなさい」

その前置きに不安を感じながらも、集中すべく姿勢を整える。背筋を伸ばして軽く顎を引き、翠の説明を待ち構える。授業でもしたことのない聴講態度だった。

「繰り返すけど、美濃部春喜《みのべはるき》という男は、除霊を請け負う一方で逆のこともしている。それが『依頼を受けて怨霊《おんりよう》を憑《つ》ける』という仕事よ」

除霊の反対、与霊。霊を除く行為と、霊を与える行為。

「与霊師ってのは、呪殺師《じゆさつし》とは違うのか？」

「あら、呪殺師なんてよく知ってるわね」

意外そうに瞬《まばた》きした翠にお茶を濁しつつ、ツインテールの少女を素早く瞥見《べつけん》する。

それはかつて柘榴《ざくろ》の兄・三塚昂大《みつづかこうだい》から聞いた名称だ。呪殺師となって裏社会で成り上がる……あの時、彼は廃銀行でそう言っていた。

「呪殺師と与霊師は、似ているようで少し違うわ。呪殺師というのは殺し屋のことよ。人の命を奪うことを生業《なりわい》としている霊能者のこと。彼らの目的は、あくまでターゲットの死よ。殺害方法が銃や刃物ではなく、霊能であるというだけの話ね」

まさに三塚昂大が、生霊《いきりょう》を使ってやろうとしていたことだ。

「対する与霊師は、対象者に怨霊を憑け、祟《たた》らせるだけなの。それによってターゲットが死のうと死ぬまいと、彼らはそこまで関与しない。ただ依頼を受け、人に霊の災いを与える……それだけが仕事よ」

意図的に怨霊を人に憑け、危険な目に遭わせる。それを商売にする輩《やから》……何とも迷惑な存在だ。強い霊感を持つ者が作った怨霊ならば、タチの悪さも折り紙付きだろう。

「ただ、実は――これまでは与霊師なんていう明確な職業は存在しなかったの」

「え？」

「それはもちろん、私たちが目を光らせているからでもあるのだけど……実際はそれ以前の問題のせいよ。与霊というものが手間ばかりかかる、割に合わない仕事だからなの」

「割に、合わない？」

弄んでいたスプーンを皿に置き、長髪の霊導師は言葉を紡ぐ。

「与霊の依頼があるたびにいちいち霊を探すというのは、とても非効率的なの。霊はそうそう都合よく何体も見付けられるものじゃないわ」

「普段からストックしとけばいいんじゃないのか？　そのために表向きは除霊師をしてるんだろう？」

除霊した霊をストックしておき、今度はそれを与霊に流用する。探すまでもなく、怨《おん》霊《りょう》は除霊の相談者が連れてきてくれる……実によくできたシステムだ。

「そのストックという行為が、あまりに危険だったの」

「いや、でも……」

孝巳《たかみ》は顔をしかめ、自然と正面を向いていた。そこに平和にカレーを食べているカップ少女がいた。

「怨霊のストックなら、有働《うどう》もやってたじゃないか」

瑠璃《るり》はかつて、十数体もの怨霊をその身に憑《つ》けていた。その霊障《れいしょう》を相殺《そうさい》させることによって無傷で暮らしていた。怨霊をストックする原理など、すでに彼女が実践している。

孝巳の意見に、翠《すい》の顔が曇る。柘榴《ざくろ》までもが複雑な表情を浮かべていた。

「紺野《こんの》くん。貴方《あなた》は最初に出会った霊能者が瑠璃だったばかりに、麻痺《まひ》しているのよ」

「麻痺？」

「複数の怨霊を憑けて、霊障を相殺させる……確かにそうすることで霊のストックは可能だわ。でも、そんなことを実際に試そうとする人間は、これまで誰一人いなかったの。瑠璃が現れるまでは、ね」

知らぬ間に外はすっかり暗くなっていた。八階だからか、窓越しに聞こえる風の音がやけに強い。

「桁外れの霊感もなしにそれを試すのは、あまりにリスキーだった。何体の怨霊を憑ければ、霊障の相殺が起きるのか？　与える負の意思の加減は、どの程度なのか？　霊障の頻度は？　相殺の成功率は？　その全《すべ》てを手探りで調べている間に、並の霊能者なら取り殺されてしまうわ」

「…………」

——野球部時代の全国大会決勝、孝巳は一点差を追う九回裏ツーアウトの場面で、盗塁を試みたことがあった。

バッターは代打の下級生。相手はもちろん打者勝負で、ランナーの孝巳はほとんど警戒されていなかった。が、それでも走るのには覚悟を要した。もしアウトになればそこでゲームセット……監督の命令でなければ、とてもじゃないが怖くて走れなかった。

理論では語れても、それを実行するには勇気がいる。ましてや命の危険が伴うならば、確かに二の足を踏む研究だろう。

「怨霊による霊障の相殺……それは詰まるところ、机上の空論だったの。でも、それを瑠璃が確立させた。紺野くんの想像以上に、この子は凄《すご》いことをしているのよ」

長らくの会話にも一切参加しようとせず、瑠璃《るり》はパクパクとカレーを一人食べ続けている。孝巳《たかみ》たちの話し声などまるで耳に入っていない様子だった。

「怨霊《おんりよう》がそんなに危険なら、ストックしている間は守護霊にしとけばいいんじゃないのか？　誰かに憑《つ》けるときだけ怨霊にすれば、霊障《れいしよう》の心配はないだろ？」

霊感の強い人間は、霊に対して強い発言力を持つ。優秀な霊能者ならば、与える意思によっては怨霊にすることも、守護霊にすることもできるはず。だったら与霊師《よれいし》という職業も成り立つのでは？

そんな孝巳の弁を一蹴してきたのは、斜向《はすむ》かいに座る柘榴《ざくろ》だった。

「紺野《こんの》様。霊を守護霊とするには、強い『正の意思』を与える必要があります。それをまた怨霊に変えるには、その意思を覆すさらに強い『負の意思』が必要となります。守護霊を怨霊に変える行為は、容易《たやす》くできるものではありません」

「…………」

「それに、守護霊では複数を持つことができません。それが可能なのは、霊導界広しと言えど翠《すい》様ぐらいです。持てるストックが一体では、結局は非効率的……故《ゆえ》に割に合わないのです」

複数の守護霊を持つ——それは瑠璃にすら不可能だったことだ。

だからこそ瑠璃は、怨霊を利用する道を選んだのだ。そして今、彼女が確立させた手法は人伝えに広まり……存在するはずのなかった与霊師という職業を成立させてしまった。

それはきっと瑠璃にとっても想定外のことだったはず。そもそも彼女は、自身が生き延びる方法を追究しただけなのだから。しかし、発明者の意思などもはや関係ない。ノウハウが知れてしまった以上、それをどう使うかは利用者次第だ。

三人の視線が、示し合うことなく瑠璃に集まる。それに気付いて「ん？」と小首を傾《かし》げた彼女の口には、ご飯粒がついていた。

「この子は、三塚昂大《みつづかこうだい》を止めることに協力してくれた。朽縄《きゅうじょう》の霊導にも尽力してくれた」

翠が手を伸ばし、瑠璃の口についた米粒を取る。それを自分で食べた彼女は、幼馴染《おさなな じ》みの頭を優しく撫《な》で、どこか悲しげに呟《つぶや》いた。

「有働《うどう》瑠璃という天才は、霊導師《れいどうし》を辞めてもなお、様々な功罪を霊の世界に与えている。与霊師の出現は――その功罪の『罪』の方なの」

その声音《こわね》に敏感に反応して、瑠璃が不安げに翠へ身を寄せる。

「翠ちゃん。私……みんなに迷惑かけてるの？」

翠が母親のように微笑《ほほえ》み、小さく首を振る。こんな二人の姿を見る日が来るとは、三日ほど前までは想像もしていなかった。

いつもはいがみ合ってばかりでも、彼女たちはいざというときには必ず結束する。その強い絆《きずな》はもう、孝巳も充分に知るところだ。

「大丈夫よ瑠璃《るり》。今の貴女《あなた》は、とにかく霊瘧《れいぎやく》を何とかしないとね。今回の一件は私が請け負うから」

続いて「無論、私も」と柘榴《ざくろ》が頷《うなず》く。

「何も心配しなくていいから。……普段の貴女には、絶対にこんなこと言わないわよ？」

翠《すい》が悪戯《いたずら》っぽく笑い、瑠璃の鼻先をチョンと突く。なす術《すべ》もなく仰《の》け反《ぞ》った幼馴染《おさなじ》みを置いて、西洋人形のごとき美貌が再びこちらを向いた。

「さあ紺野《こんの》くん。貴方《あなた》にとってはここからが本題かしら」

その一言に、居住まいを正して口許《くちもと》を引き結ぶ。

孝巳《たかみ》の本題とは、もちろん小田切《おだぎり》のことだ。成仏したはずの彼が、どうして美濃部《みのべ》に捕われているのか……その理由だ。

「その説明をする前に一つ、貴方に確認して欲しいことがあるの」

「確認？　何の？」

「明日、会ってもらいたい人がいるの。小田切さんの説明はそのあとにさせて。その方がきっと手っ取り早いわ」

3

翌日の放課後。学校を後にした孝巳は、久し振りに母校の中学へやってきた。

駅から十五分ほど東へ行った国道沿いにそびえる、微妙に懐かしい校舎。その校門脇に目立たないよう佇《たたず》み、下校する生徒たちをつぶさに確認していく。

（まだ帰ってなきゃいいけど……）

吹きつける風は身を切るように冷たく、立っているだけで結構辛い。目の前の車道を駆け抜けていく車たちが、さらにビュウビュウと風の追い打ちを浴びせてきた。

孝巳が寒さに震えて待ち人を捜す一方で、一緒に来たはずの翠は近くの喫茶店で待機している。役割の差にこの上ない不条理を感じたが、文句を言っても仕方がない。その人物の顔を知っているのは、孝巳だけなのだから。

「貴方の友人・小田切さんが、何故《なぜ》まだこの世に留《とど》まっているのか。それを知るために、ある人に接触してもらいたいの」……それが昨日、翠から申し渡された要請だった。

正直、気が重い。今さらその人物に会うのは、かなり気まずい。

面識はあるものの、ほとんど顔見知り以下の関係である。そして何より……相手は決して孝巳と会うことを喜んだりしないだろう。

（でもゴネてる場合じゃないしな。頼む、早く来てくれ……）

寒さだけじゃなく、先ほどからチクチクと刺さる下校生徒たちの視線も結構辛い。まさか二日連続で不審者を演じることになるとは思わなかった。

「あの人、誰だろ」

「何かおっかねぇ……」

「せ、先生に言った方がいいかな」

「やめなよっ。あの顔の傷見たでしょ？　きっとヤクザだよっ」

　心外な会話が風に乗って届く。予想以上に目立ってしまっている。この上さらに野球部の後輩たちと鉢合わせるようなことがあったら最悪だ。

（大丈夫、この時間なら練習の真っ最中のはず）

　野球部の練習グラウンドは、校舎の向こう側だ。この時期はほとんどボールに触らず、ひたすら走り回されているだろう。

（今年の四番は、きっと佐藤《さとう》だろうな。ピッチャーは土井《どい》で……そういや、町田《まちだ》はレギュラー取れたのかな？　あいつ、打球を引っ張る癖があったから）

　──その時。校門から出てきた一人の少女に、たちまち思考が中断された。

「あ」

　声をかけるまでもなかった。すでに向こうも孝巳《たかみ》に気付いており、足を止めてこちらを見詰めている。

「……紺野《こんの》、さん？」

　ポツリと呟《つぶや》いたのち、少女が歩み寄ってくる。間もなく孝巳の眼前に立った彼女は、鈴のような声で「紺野さんですよね？」ともう一度確認してきた。

セミショートの小柄な体躯《たいく》。胸元の校章から、中学三年であることが分かる。あどけなさの残る顔に重なるのは——かつてここで共に白球を追いかけた、ライバルであり友人だったチームメートの面影。

「久し振り、奈緒《なお》ちゃん」

三度ほど会話したことがあるだけだが、間違いない。

彼女は小田切《おだぎり》奈緒。小田切和人《かずと》の妹だ。

「…………」

「…………」

向かい合ったまま、懸念《けねん》した通りの沈黙に陥る。

何とか会話の糸口を探そうと腐心《ふしん》していると、幸いにも奈緒が先に話しかけてきてくれた。ことさら明るい口調だが、どこか笑顔はぎこちなかった。

「紺野さん、確か青鶴高校《あおづるこうこう》でしたよね」

「ああ」

「野球は——もうやってないんですよね」

「ああ……ごめん」

「あ、謝らないで下さい。事情は私も知ってますし……」

孝巳《たかみ》と彼女を結ぶ接点は、小田切和人《おだぎりかずと》だけだ。話をするなら「兄」や「野球」のことを避けられるはずもない。だからこそ、本来は会いに来るべきじゃなかった。

無視して歩き去ることもできたはずなのに、彼女はこうして自ら声をかけてくれた……それが無性に申し訳なかった。

「あの、それでどうしてここに？」

取り繕《つくろ》うように尋ねてきた奈緒《なお》に、孝巳は意を決して半歩詰め寄った。

もしかしたら、彼女の心の傷に塩を塗ることになるかもしれない。でも、確認しなければならない。それで奈緒から罵倒《ばとう》されたとしても、覚悟の上だ。

「訊《き》きたいことがあって、君に会いに来た」

「私に……？」

「心当たりがないなら、ただの世迷《よま》い言《ごと》だと思って欲しい」

真剣な面持ちで断りを入れた孝巳に、奈緒の表情が不安に曇る。

兄に関する質問だと、薄々察しているのだろう。だから孝巳は単刀直入に切り出した。

「奈緒ちゃん、君は──小田切の霊に会ったりしてないか」

奈緒が小さく息を呑《の》む。顔を蒼白《そうはく》にしたまま、呆然《ぼうぜん》とこちらを見上げている。

「どうしてそれを……」

「会ったのか」

翠《すい》の推測が当たった。奈緒は、小田切の霊に会っていた。

あるいは父母や他の友人である可能性もあったのだが、奈緒が「当たり」なら話を聞かねばならない。

「少し時間をくれないか。この通りだ」

周囲の疑わしげな注目の中。傷顔の不審な男は、小柄な女子中学生に向けて深々と頭を下げた。


同行を承諾《しょうだく》してくれた奈緒を伴って喫茶店へやってくると、片隅にある四人掛けテーブルから翠が軽く手を振ってきた。

早速そちらへ向かい、空いている対面に奈緒を座らせる。続きその隣へ座ろうとしたところ、翠から「貴方《あなた》は私の横よ」と眼力で告げられ、大人しく従うことにした。

「…………」

奈緒が落ち着きなく、しきりに前方の翠をチラチラと観察している。緊張するのも無理はない。ピシリと鎮座する長髪美少女は、今日も今日とて世界王者のような威風《いふう》と貫禄《かんろく》を醸し出しているのだから。

何とか気楽にしてもらおうと苦慮していると、そこへウェイトレスが水を運んできた。

「いらっしゃいませ。ご注文はお決まりでしょうか」

「ミルクティーを二つお願いします。奈緒《なお》ちゃん、それでいいかい？」

「は、はい」

「ミルクティーお二つですね、かしこまりました」

「あと、これを下げてもらえますか」

そう言って、テーブルの上を占拠する巨大なパフェの器を示す。孝巳《たかみ》たちを待っている間に翠《すい》が注文した物だろう。

すでに空っぽとなっている器を抱えてウェイトレスが去っていくと、痩せの大食いの霊《れい》導師《どうし》にとりあえず雑談を振ってみる。

「前々から思ってたけど、お前ってよく食うよな」

「パフェは別腹と言うでしょう」

「昨日も結局、カレーを五杯食ってたし」

「あれが本腹よ」

「持ってきたお菓子も、ほとんど自分で……」

「それは自腹よ」

「腹違いだ」

いつもならもう少しこの流れが続くのだが、今はそういうわけにいかない。

翠もそれをわきまえているようで、すぐに視線を前に向け、居心地の悪そうな奈緒に折り目正しく一礼した。

「突然お呼び立てしてごめんなさい。私はこういう者です」

挨拶《あいさつ》と共に、おもむろに一枚の紙切れを取り出して奈緒に渡す。名刺だった。

中央に『霊導師・鴫原《しぎはら》翠』と大きく書かれ、その下に住所と電話番号、そしてメールアドレスが印字されている。かなり立派で高級そうな反面、やや堅苦しく物々《ものもの》しい印象を受けるデザインだ。

「お前、名刺なんか持ってたのか」

「月長《つきなが》が勝手に作ったの。お陰でこんな、メルヘンの欠片《かけら》もない仕上がりになってしまったわ」

自身の側近を仏頂面で非難する総帥《そうすい》の前で、奈緒が名刺を戸惑ったように眺めている。やがて彼女は恐る恐る顔を上げ、遠慮がちに口を開いた。

「あの、お兄ちゃんのことで話っていうのは……」

奈緒にはまだ、事の詳細は伝えていない。孝巳自身がよく把握していないのだから当然だった。

だが、何を質問すべきかは分かっている。孝巳は静かに息を吸うと、まずは奈緒へ改めて頭を下げた。

「奈緒ちゃん。こんなことを聞き出すのは、ぶしつけで無神経なことだと思ってる。でも教えて欲しい、小田切《おだぎり》の幽霊のことを」

「もしかして紺野《こんの》さんたち……美濃部《みのべ》さんの知り合いなんですか」

奈緒《なお》から出たその名に、心がさざめく。翠《すい》の睨《にら》んだ通り、やはり美濃部春喜《はるき》が接触していたか。

程なくしてミルクティーが運ばれてくる。ウェイトレスがいなくなるのを待って、翠が会話を引き継いだ。

「私たちは彼の同業者です。小田切和人《かずと》さんの霊のことも、彼を通して知りました」

「でも、どうして今になって……」

困惑を募らせる奈緒に、孝巳《たかみ》は身を乗り出して懇願《こんがん》した。

「奈緒ちゃん、頼む。詳しい話を聞かせてくれ」

「………」

奈緒は三十秒ほど無言を貫いたものの、孝巳の必死な表情に圧されたのか、やがてポツポツと語り出してくれた。兄の死後に自身が見舞われた、その体験談を。

「……去年の夏頃《ごろ》でした。お兄ちゃんが死んでしばらく経《た》ったある日――枕元に現れたんです。お兄ちゃんの幽霊が」

去年の夏。孝巳と同じ頃だ。

「怖い顔をして、じっと私を睨《にら》んで……私、お兄ちゃんが怒ってる理由に心当たりがあったんです」

「心当たり？」

「喧嘩《けんか》したんです。お兄ちゃんが死ぬ、ちょうど前の夜に」

奈緒の顔が翳《かげ》りを帯びていく。椅子の軋《きし》む微《かす》かな音が、やけに大きく聞こえた。

「今まで喧嘩なんてしたこと、一度もなかった。私が悪くても、いつも絶対にお兄ちゃんが謝ってくれたから……でも、あの夜は違った。きっとお兄ちゃんにとって、それだけ大事なことだったんです」

辛そうに話す奈緒を、翠がすかさず一旦制する。おそらくそれは霊導師《れいどうし》としての、彼女の配慮だったのだろう。

「奈緒さん。これは強制でも何でもありません。もしどうしても言いたくないなら……」

しかし奈緒は「いえ、いいんです」と首を振り、一度だけ孝巳を窺《うかが》ってきたのちに話を再開した。

「私、お兄ちゃんに言ったんです。『何で野球やめちゃったの？　またやりなよ』って」

「……………」

「余計なお世話だ、って言われたけど……お兄ちゃんは凄《すご》く野球が上手だったから、そこで食い下がっちゃって」

胸が締めつけられる。

小田切《おだぎり》は高校では空手部に入った。それは、孝巳《たかみ》が『高校では空手部にでも入るか』と口走ったからだ。その気もないのに軽々しく言ってしまった言葉を真に受け、小田切もまた空手部に入部した。そして、彼はその練習中に……

「それから口喧嘩《くちげんか》になって、ついカッとなって言っちゃったんです。『紺野《こんの》さんばかりにこだわって馬鹿みたい』って」

孝巳は知らず、奥歯を強く噛《か》み締《し》めていた。右肩がジクジクと疼《うず》く。払拭《ふっしょく》したはずの彼への罪悪感が、また胸底から湧き出しそうになる。

「あんなに怒ったお兄ちゃん、初めてだった。そして次の日――」

小田切は亡くなった。

(俺があんなことを……空手部に入るなんてことを言ったせいで)

「仲直りしないままお兄ちゃんがいなくなって……私、凄《すご》く後悔して……何でこんなことになっちゃったんだろうって」

奈緒《なお》の目に涙が浮かぶ。

いたたまれない心地でそれを見詰めていると、翠《すい》が耳許《みみもと》で「紺野くん、ヘコむのはあとにしなさい」と小声で叱責してきた。

「そうしたら、それからしばらくして……枕元にお兄ちゃんが現れたんです」

翠がまた耳許で「おそらく、貴方《あなた》が小田切さんを解放したあとね」と囁《ささや》く。

（俺が解放したあと……？）

やはり小田切は成仏していなかったのか？　孝巳の元を去ったのち、今度は奈緒のところへ現れていた？

「お兄ちゃん、きっとまだ怒ってたんです。紺野さんのことは、言っちゃいけないことだったんです」

奈緒はそれを悔やみ続けた。その罪悪感や負い目が、現れた小田切を怨霊《おんりょう》にしてしまった……孝巳と同じように。

「最初は、怒った顔で睨《にら》んでくるだけだったんです。でも、段々と色んなことが起きるようになって。首を絞められたり、道路で背中を押されたり……私、どうしたらいいか分からなくて……」

優しかった兄が、怨霊となって自分を殺そうとする。奈緒自身がそうさせてしまっていることだが、彼女にとっては耐えられない状況だったはずだ。

「そんな状態になって半月ほど過ぎた頃、街で声をかけられたんです。『あんた、怨霊に憑《つ》かれてるだろ』って。『このままじゃ祟《たた》り殺されるよ』って」

つまり、そいつが――

「びっくりしました。でもその人に……美濃部《みのべ》さんに、『自分ならその霊を祓《はら》ってあげられる。この町で最初のお客だから、格安で請け負う』って言われて」

「お願いしたんですね」

「はい。美濃部《みのべ》さんのお陰で、お兄ちゃんは成仏できたんです」

奈緒《なお》は知らない。小田切《おだぎり》はまだあの世へ還《かえ》ってなどいない。その美濃部なる男の傍《そば》にいる。奴《やつ》がこの町に来たのは、確か五ヵ月ほど前。時期も一致する。

「これで良かったんです。私は、優しいお兄ちゃんが好きだったから……怨霊《おんりょう》のお兄ちゃんなんて、見ていたくなかったから……」

「ごめんなさい。辛い話をさせてしまって」

翠《すい》が目を伏せ、神妙に謝罪を告げる。次いで何かを求めるような瞳でこちらを見てきた彼女に、孝巳《たかみ》は小さく頷《うなず》き返した。

翠が何を言いたいのかは分かっている。だから孝巳は静かに席を立ち、項垂《うなだ》れて微《かす》かに肩を震わせている奈緒の隣へ座った。

「奈緒ちゃん」

「………」

「実は俺のとこにも現れたんだ、小田切の霊」

「えっ?」

奈緒が顔を跳ね上げ、驚いたように孝巳を直視する。目が涙で充血していた。

「俺も君と同じように、心のどこかであいつの死を受け入れられなかったんだと思う。だから小田切の魂を引き留めてしまった」

「………」

「君の見た小田切は、君の後悔が反映された姿だ。あいつの霊が怒っていたのは、君が『お兄ちゃんは怒っている』と思ったからだ」

それは、かつて孝巳自身が瑠璃《るり》から言われた言葉。孝巳の負い目、後悔、罪悪感。

「でも、きっと本当の小田切は……そうじゃない」

こんなことを言う資格なんて、自分にはないのかもしれない。だが、小田切の霊に触れた自分だからこそ、その意思を決め直した自分だからこそ、奈緒に告げたい。

「あいつは、君を怒ってなんかいない」

「分かるんですか……？」

「分かるさ。俺は、あいつの友達だから。そして君も——本当は分かっていたはずだ」

その一言を契機に、奈緒の両目から一気に涙が溢《あふ》れた。

「お兄ちゃん、ごめんなさい。ごめんなさい……」

彼女の嗚咽《おえつ》が終わるまで、孝巳はその姿を見守り続けた。

ミルクティーはすでに湯気を失っていた。

「ありがとう紺野《こんの》くん。奈緒さんを霊導してくれて」

奈緒《なお》を自宅まで送り、駅の方向へ引き返す道中。翠《すい》が突然そんな礼を述べてきた。

「私がフォローする必要もなかったわ。やっぱり貴方《あなた》は、霊導師《れいどうし》に向いている」

「いや、あれは俺がやらなくちゃいけないことだった。それに――」

あれから少しだけ元気を取り戻し、無理に笑顔を作っていた奈緒を思い出しながら、孝《たか》巳《み》は決意を込めて宣言した。

「もう一つ、やらなくちゃいけないことがある」

奈緒はあのままでいい。兄は成仏した……そう思っていて欲しい。必ずそれを真実にしてみせる。孝巳はそれを、密《ひそ》かに彼女に誓った。

小田切《おだぎり》の霊を、他の怨霊《おんりょう》たちも含めて美濃部春喜《みのべはるき》から解放させる。

それが自分の責務であると、孝巳は確信していた。

4

数分後。駅前の広場までやってくると、翠がクルリと孝巳に向き直った。

「それじゃあ私は一度、家へ戻るわ。ちょっと雑事《ざつじ》があるの」

「そうなのか」

「紺野《こんの》くんは柘榴《ざくろ》と合流してちょうだい。稲垣《いながき》さんの除霊が終わる頃《ころ》だから」

孝巳たちが奈緒と接触している間、柘榴は稲垣昌造《しょうぞう》の元へ赴き、美濃部に憑《つ》けられた女の怨霊を取り除いてやっていたのだという。

悪どい高利貸しをしていたせいで恨みを買ったのは自業自得だが、見捨てずちゃんと除霊を行ってくれたようだ。《喝破《かっぱ》》では一時的に追い払うことしかできなかったが、これでそちらの件は一安心だろう。

ならばやるべきことは、美濃部の捜索。そう考えた孝巳は、一応彼女に提言してみた。

「美濃部を捜すなら、合流するより手分けした方が効率的に良くないか？」

「三塚昴大《みつづかこうだい》や朽縄《きゆうじよう》ほど危険な相手ではないけど、それでも貴方が単独で美濃部に挑むのは危険よ。念のため柘榴と一緒に行動して。彼の顔を知っているのは貴方だけだしね」

……確かにそうだ。装飾品まみれのツンツン頭など、繁華街に行けば何人かは歩いているだろう。否《いな》、そもそも奴《やつ》があの髪形でいるとも限らない。

感情に任せたスタンドプレーの愚は、過去の経験から反省しなくてはならない。そう思い直し、素直に頷《うなず》くことにする。

「分かった。三塚と一緒に動くよ」

「…………」

「ん？　どうかしたか？」

「言っておくけど、二人きりだからって柘榴と変な風になっちゃ駄目よ」

「何だよ、変な風って」

問うと、翠《すい》がたちまち視線を逸《そ》らした。胸に垂れた髪をしきりに弄《いじ》りつつ、モゴモゴと歯切れ悪く答える。

「だって、柘榴《ざくろ》って割と、異性に対して壁がないというか……」

「あいつがエロ霊導師《れいどうし》なのは充分に分かってるよ。でもあれって、単なる冗談だろ?」

柘榴が下ネタを発するのが研究会のメンバー相手だけなのを、孝巳《たかみ》は知っている。

一度クラスメートと廊下で談笑している彼女を目撃したことがあるが、見事に上品でお淑《しと》やかだった。猫かぶりも甚だしいが、逆に言えばそれだけ孝巳たちに気を許してくれているのかもしれない。

すると、翠が勢いよく首を振り、強い口調できっぱりと断言してきた。

「貴方《あなた》は分かっていないわ。柘榴の恐ろしさを」

「恐ろしさって……」

「半月ほど前のことよ。みんなでお風呂に入ったの。私と、瑠璃《るり》と、柘榴の三人で」

「三人で風呂?」

孝巳のいない所で、こいつらはそんな交流をしていたのか。

若干の疎外感《そがいかん》を覚えたが、もちろんそこに参加できるはずもない。……美少女三人が裸の付き合いをしている光景を想像し、孝巳は少しだけ幸せな気持ちになった。

「その時に、大変な事件が起こったの」

「事件？　有働《うどう》がまた悪ふざけでもしたか？」

「正解よ。とんでもないことをやらかしたわ。あの子ったら、栢榴の胸に――」

「胸……」

心が騒ぐ。湧き上がる興味が抑え切れない。何だ？　栢榴の胸に何をした？

「吸いついたの」

「！」

予想を超える衝撃発言に、孝巳は目と鼻の穴を同時に開いた。

吸いついた？　あのFカップに？　女同士なのに？

かつて学校の屋上で見てしまった、栢榴の剥《む》き出《だ》しの乳房が脳裏に蘇《よみがえ》る。あれ以来、記憶が薄れぬよう一日一回は必ず思い出すようにしている。それはすっかり孝巳のライフワークだった。

「普通、ビックリして抵抗するわよね？　それが普通の反応よね？」

「……そうだと思う」

翠の顔が戦慄《せんりつ》に歪《ゆが》む。彼女はまるで信じ難いものを見たというように、両腕で自分を抱き締めた。

「なのに、栢榴は平然としていた！　チュウチュウ吸われてるのに、何食わぬ顔をしていた！　『瑠璃《るり》様。残念ながら私《わたくし》、まだ母乳は出ません』とか言って！」

「…………」

「どういうこと⁉」

「知らねえよ！　俺に訊《き》くな！」

「私なんて吸われた瞬間、瑠璃をグーで殴ったわ！」

「お前も吸われたのか！」

「私だけじゃないわ！　お母様や牙穿《がせん》だって被害者よ！」

「何を吸って回ってんだあいつは！」

「牙穿、オスなのに！　おチンチンあるのに！」

「オスだけ言えば分かる！」

「そんなわけだから、柘榴《ざくろ》の乳首を吸っても無駄よ！　フン、ざまあ見なさい！」

「何の勝利宣言だ！」

まずい。こいつは確実に下ネタを吸収し始めている。翠《すい》だけは汚れないで欲しい。そっち方面には走らないで欲しい。でないと、また総帥《そうすい》をリコールされてしまう。

その後どうにか興奮を鎮めると、翠が気まずそうにコホンと咳払《せきばら》いをした。

華奢《きゃしゃ》な体に不釣り合いな巨大な胸が、今日もブレザー越しにはっきりと視認できる。瑠璃はあれを吸ったというのか……正直、死ぬほど羨ましい。

「紺野《こんの》くん、貴方《あなた》って……大きいのが好きなのよね？」

「へっ？」

不意に浴びせられた言葉に、一瞬ギクリとする。胸を見ていたことがバレたかと肝を冷やしていると、彼女は即座に質問を打ち消すように「な、何でもないわっ」とブンブン首を振ってきた。

「と、ところで右目の傷はその後どう？　痛みがあったり、視力が落ちたりなんてことはない？」

「ああ。特に何もないよ」

「化膿《かのう》したりは？」

「大丈夫だ。傷自体はとっくに塞がってるから」

孝巳《たかみ》がこの傷を負って以来、翠はことあるごとに目の具合を尋ねてくる。独断で無茶《むちゃ》をした自業自得の負傷なのだが、どうも彼女はそれに責任を感じているようなのだ。

「なあ鴫原《しぎはら》。何度も言ってるけど、これは俺が勝手な行動をやらかした結果だ。日常生活にも支障なんてないし、お前ももう気にするな」

「でも、痕《あと》はずっと残るんでしょう？」

「それは仕方ないさ。今後の戒《いまし》めってことで納得しとくよ」

「何か……お詫《わ》びはできない？」

「他人行儀なこと言うなよ。俺とお前は、もうそんなんじゃないだろ」

孝巳《たかみ》の言葉に、翠《すい》の肩がピクンと反応した。ほんのりと上気した両頬に手を当て、はにかむように下を向く。その拍子に自身の豊満な胸がふと目に止まると、彼女は少し思案《しあん》したのちにポツリと呟《つぶや》いた。

「……吸うのは駄目だけど、軽くタッチするくらいなら……」

「は？」

孝巳が声を裏返すと同時に、翠がにわかにハッと顔を上げ、高速で両手と首を振ってきた。残像が見える勢いだった。

「う、嘘《うそ》よ！　冗談よ！　何てこと言わせるの！　そんな巧妙《こうみょう》な交渉術、どこで覚えたの!?」

「交渉……したか？」

「大体、貴方《あなた》は節操《せっそう》がなさ過ぎるわ！　オッパイなら誰のでもいいの!?　自薦他薦《じせんたせん》問わないの!?　そういう場当たり的な行動のせいで、貴方は危うく右目を失明――」

「何の説教されてんだ俺は！」

「と、とにかく私は屋敷に戻るわ！　戻るったら戻るわ！」

顔を異常に火照らせたまま、長身が勢いよく翻る。柔らかな後ろ髪が流れ、白いうなじが一瞬だけ垣間《かいま》見えた。

「あ、待ってくれ鴫原《しぎはら》。まだ話が」

逃げるように去っていく背中に慌てて声を投げたが、止まってくれなかった。行き交う人波をスルスルと掻《か》い潜《くぐ》り、あっという間に見えなくなってしまう。

（あの天然め、大事な話を忘れやがって……小田切《おだぎり》の説明をしてくれるんじゃないのか）

彼がどうして成仏しなかったのか――その理由をまだ教えられていない。

孝巳の元を去ったあと、小田切が妹の所へと向かったのは間違いない。美濃部《みのべ》はそれを祓《はら》い、あの世へ還《かえ》すことなく自分の怨霊《おんりょう》ストックにした……そこまでは分かる。だが、そもそもどうしてそんな事態になったのか？　それが不明のままだ。

翠を追いかけるべく足を踏み出そうとした間際、ポケットの中で携帯がブルブルと振動しているのに気付く。確認してみると、メールの着信だった。

発信者は柘榴《ざくろ》であり、内容は『稲垣《いながき》様の除霊が完了しました。地元駅の北側にある喫茶店で落ち合いましょう』というものだった。すでに合流の指示は伝わっているようだ。

「また茶店か……」

奈緒《なお》の分も出したので、次でもう三杯目の出費となる。が、この寒空の下で待っているのはきつい。柘榴だって一息つきたいだろう。

もはや翠を追うことを断念し、孝巳は寒風を避けるように駅舎へと歩いていった。

目指す喫茶店は、孝巳《たかみ》が子供の頃《ころ》から営業している昔ながらの軽食屋だった。店内からバスのロータリーが一望できるので、待ち合わせ場所に適している。駅の北にある喫茶店はそこだけなので間違いはないだろうが、念のため柘榴《ざくろ》に店名を書いたメールを送っておいた。

「ん？」

しまいかけた携帯が突然ブルブルと震え始めたのに気付き、孝巳は画面を覗《のぞ》き込《こ》んだ。柘榴の返信にしては早過ぎると訝《いぶか》ったが、案の定それは別の人物からだった。表示されている発信者は有働瑠璃《うどうるり》。しかもメールではなく電話だった。

すぐに通話ボタンを押し「もしもし」と告げる。が、あちらからの応答はない。

「有働か？　どうした？」

しばらく待ってみると、やがて瑠璃のやけに慌てた声が聞こえてきた。

『紺野《こんの》くんっ、助け――』

彼女が言い終わる前に通話が切れる。その瞬間、電話の向こうでバスのクラクションが鳴ったのが分かった。

反射的に顔を跳ね上げ、孝巳は目の前にあるバスのロータリーを見た。入ってきた一台のバスが発したクラクションと、受話器の向こうで鳴ったそれが、完全に同じものだったからだ。

（この近くにいるのか……？）

即座に走り出し、歩道に連なる建物や隙間の路地をつぶさに巡っていく。何だか猛烈に悪い予感がした。

声を聞く限り、瑠璃はかなり切迫した事態に陥っているようだ。まともに会話もできない、電話をかけるのがやっとの状況なんて、どう考えても普通じゃない。

がむしゃらに駆けずり回っていると、ふと前方の路地から二人の男女が揉《も》み合《あ》いながら歩道に出てきた。

嫌がる少女の腕を掴《つか》み、ガラの悪い男がしつこく引き留めている。

赤いコートを着た猫っ毛のショートカットと、サングラスをかけたツンツン頭——何とそれは、有働瑠璃と美濃部春喜《みのべはるき》だった。

「！」

思考より早く、孝巳の足は動いていた。接近するに連れて二人の声が聞こえてくる。

「は、放して下さい！」

「そういうワケにはいかねえ。こっちは散々捜してたんだぜ？　有働瑠璃さんよ」

「やっ……あ、紺野くん！」

必死に抵抗する瑠璃の瞳が、駆けつける孝巳を捉えた。

それを察知した美濃部が、振り向くと同時に素早く瑠璃を羽交い絞めにする。

（クソ！）

彼らの目前で急停止し、思わず舌を打つ。一足遅かった。二人の間に割って入るつもりだったが、美濃部《みのべ》の反応は予想以上に敏速だった。

「……またお前かよ」

孝巳《たかみ》を見るなり、美濃部が辟易《へきえき》として顔をしかめた。油断なく距離を取りつつも、その両手は瑠璃《るり》の首と腕をガッチリ固めている。

「知り合いだったってワケか？　傷顔の兄ちゃんよ」

「美濃部……」

運が悪いことに、周囲に通行人はいない。瑠璃はらしくもなく蒼白《そうはく》になり、今にも泣き出しそうにこちらを見詰めるだけだった。

「有働《うどう》をどうする気だ」

「別にどうもしねえよ。怨霊《おんりよう》師の本家さんに、ちょっくらご教授を願うだけだ。もっとたくさんの怨霊を憑《つ》ける方法をな」

事もなげに答え、美濃部が瑠璃へ笑いかける。

「なあ有働瑠璃、あんたって十体以上の怨霊を憑けてるんだろ？　俺、マジでリスペクトしてんだぜ？」

「お願い、放して……」

瑠璃が首に回された腕を何とか振りほどこうともがく。が、霊力が使えない今の彼女の力では、対抗できるわけもなかった。

「しかし、こんな気弱なロリっ子があの有働瑠璃とは……見付からねぇはずだぜ」

「有働を放せ」

美濃部に低く言い放ち、孝巳はポケットから一枚の紙切れを取り出した。それは、駅前のスーパーの年末福引券だった。

期限を過ぎてしまった、使い道のない単なる紙切れ。翠《すい》の祖父・鴫原兵衛《しぎはらひょうえ》から貰《もら》ったこの券は、しかしながら今や孝巳の修行道具であり、緊急用の武器だった。

美濃部を睨《にら》みつつ、体内の霊力を指先に集める。

孝巳の霊能、【言替《ことかえ》の儀《ぎ》】——同じ響きを持つ存在を別の存在に置き換える、言霊《ことだま》使いの極意。鍛錬《たんれん》不足は否《いな》めないが、とにかくやるしかない。

（上手《うま》くいってくれ……）

祈るように福引券へ念を注ぎ続けると、しばらくののちに感触が変わった。

紙切れが少しずつ伸長し、細く硬質な物体へと変質していく。「券」が「剣」へと、その存在を置き換えていく。

「お？　何だそりゃ？」

頓狂《とんきょう》な声を発し、美濃部が微《かす》かに警戒の色を浮かべた。だが仕掛けてくる気配はない。

その用心深さは、時間を稼ぎたいこちらにとっては好都合だった。

(よし、もう少し……)

やがて孝巳《たかみ》の手に長大な日本刀が顕現したかと思った瞬間。

しかし刀はたちまち淡い光を放ち、みるみる紙切れへと戻ってしまった。

(駄目か……!)

奥歯を噛み、福引券をグシャリと握り締める。ぶっつけ本番で試そうというのは甘過ぎたようだ。

「兄ちゃん、面白ぇコトできるな。とはいえ、上手《うま》く使いこなせねぇみたいだが」

「くっ」

言替《ことかえ》を断念して間合いを詰めようとすると、途端に美濃部《みのべ》の鋭い制止が飛んできた。

「近寄るんじゃねぇ」

恫喝《どうかつ》と共に腕へ力が込められ、瑠璃《るり》の首をこれみよがしに締め上げてみせる。

「諦めな兄ちゃん。最初に人質を奪えなかった時点で、お前はもう詰んでるんだよ。見たとこ霊能者としても半端モンみたいだし、この状況でお前にできることは何もねえよ」

「………」

嘲《あざけ》るようなその弁舌を、孝巳は聞いていなかった。

——美濃部の後方に音もなく現れた、異様に長身な男の影。そちらに全《すべ》ての意識が奪われていた。

「ほれ、さっさと消えな。こいつの首へシ折っちまうぞ？」

「それは聞き捨てならんな」

突如として背後で上がった声に、美濃部がようやくその存在に気付いた。

「うおっ⁉」

ヌッと伸びてきた長い腕を、彼が咄嗟《とっさ》に飛び退《との》いてかわす。獣のごとく俊敏な回避行動だったが、相手の目的は美濃部ではなく、瑠璃だった。

美濃部がそれを悟ったときには、男はすでに瑠璃を抱き寄せ、保護を終えていた。

「どうやらお前も半端者のようだな、剣山頭よ」

美濃部を見下ろし冷ややかな酷評を告げたその男は、孝巳の知る人物だった。

高級スーツに身を固め、頭髪を丁寧に撫《な》でつけた、お堅い役所の事務員のような風貌。マネキンのごとく長い手足と、広い肩幅。銀縁眼鏡の奥の両眼はやけに据わっており、相変わらず愛想の欠片《かけら》もない。

大柄な体躯《たいく》にも拘《かか》わらず、いとも容易《たやす》く美濃部の後背を突いたその男は、鳰森月長《におもりつきなが》――鳰森家の当主であり、組織における翠《すい》の右腕でもある霊導師《れいどうし》だった。

「月長さん……」

「紺野《こんの》。鴫原《しぎはら》の管轄地でつまらぬ騒動はやめてもらおう」

再会にさしたる感慨も見せず、鋭い眼光がこちらを射抜いてくる。少しは打ち解けたと思っていたのだが、出会った頃《ころ》と全く変わらない刺々《とげとげ》しい物腰だった。

「チッ！」

思わぬ介入者に、美濃部《みのべ》が迷いなく身を返して逃げ出す。形勢が悪化したことを瞬時に見極めた、憎らしくも賢明な行動だった。

走り去る美濃部を興味なく一瞥《いちべつ》し、月長《つきなが》が瑠璃《るり》の顔を覗《のぞ》き込《こ》む。心なしか、孝巳《たかみ》に向けた表情より柔和《にゅうわ》な感じがした。

「怪我《けが》はないか、少女よ」

「は、はい」

頷《うなず》いた瑠璃に、月長も「うむ」と頷き返す。もしかして……というより、明らかに瑠璃だと気付いていていない。あまりに雰囲気が違うからだろうか。

「ありがとうございます、月長さん」

「うむ。……む？」

自分の名を呼ばれたことで、初めて月長が眉をひそめた。まじまじとカッパ少女を観察し、ややあって怪訝《けげん》に首をひねる。

「この顔、どこかで……」

「ご無沙汰してます」

「声にも聞き覚えが……」

「はい。私です」

「そのアヒルの髪留め……」

「カッパだもん」

不服げに下唇を出した瑠璃に、月長の顔がみるみる驚愕《きょうがく》に彩られていった。眼鏡を取って息を吐きかけ、ネクタイで拭き、再度かけ直して凝視する。

長過ぎる空白を置いて、ようやく月長が惑乱《わくらん》の叫びを上げた。

「ま、『凶姫《まがつひめ》』だと⁉」

瑠璃が「え、姫？」と目を丸めてキョトンとする。今の彼女は、自身の二つ名も忘れているらしい。

「馬鹿な！　何故《なぜ》お前が女子のごとき悲鳴を上げていた！」

「そ、それは」

「どうして大人しく捕まっていた！　何故殴り返さぬ！」

「だって、女の子だもん……」

瑠璃が助けを求めるようにこちらを見てくる。

孝巳が説明しようとしたところ、しかし月長は自己解決したように眼鏡の眉間《みけん》部分に手を添えた。

「……そうか。またくだらぬボケを企《たくら》んでいるのだな」

「ボケ？」

「何度も言わせるな『凶姫《まがつひめ》』。私は冗談が嫌いだ。お前の寸劇《すんげき》に付き合うつもりは――」

「あ、月長《つきなが》さん。ネクタイが曲がってます」

言葉を遮り、瑠璃《るり》が背伸びをして月長のネクタイをせっせと直し始める。

自己解決に失敗した彼は、眼鏡に手を触れたまま雪像のように凍りついてしまった。

「はいできた。えへへ、上手でしょ？」

可愛《かわい》らしい微笑《ほほえ》みを向けられ、月長の肩がわなわなと震え出す。彼は魑魅魍魎《ちみもうりょう》でも見るように瑠璃を刮目《かつもく》し、理不尽にも孝巳《たかみ》へと雷を落としてきた。

「紺野《こんの》！　何だこれは！　趣旨《しゅし》を説明しろ！」

「鴫原《しぎはら》から聞いてませんか？　霊瘧《れいぎゃく》です」

「れ、霊瘧っ？　馬鹿な！　こ奴《やつ》が今さらそんなものにかかってたまるか！　この鳰森《におもり》月長の目はごまかされんぞ！」

ギロリと睨《にら》みを利かされ、瑠璃がビクリと身を強張《こわば》らせる。

涙目で畏縮する少女に気勢を殺がれ、どうしていいか分からず、とうとう月長はクルリと反転して歩き出してしまった。こめかみが眼鏡ごと痙攣《けいれん》していた。

「と、とにかく私はこれで失礼する。鴫原の屋敷へ行かねばならんのでな」

足早に去ろうとする月長《つきなが》を、孝巳《たかみ》は慌てて呼び止めた。

「待って下さい月長さん」

「邪魔をするな！　私はこのような『凶姫《まがつひめ》』に対応できん！　屋敷に行く！　行くったら行く！」

「――相談したいことがあるんです」

5

粘り強い交渉の末、何とか月長の抑留《よくりゅう》に成功した孝巳は、そのまま三人で当初の予定だった喫茶店へと入った。

とりあえずコーヒーを振る舞ってみたが、月長は先ほどからずっと窓の外を睨《にら》んで黙りこくっている。原因は言うまでもなく、孝巳の隣でメロンソーダとホットケーキに舌鼓《したつづみ》を打つカッパ少女だった。

「紺野《こんの》、私は暇ではない。話は手短にしろ」

そっぽを向いたまま、月長がこれでもかと迷惑げに吐き捨ててくる。

それでも彼は結局こうして、嫌々ながらも孝巳の願いを聞き入れてくれた。やっぱり律《りち》儀《ぎ》な人だと思う。

「先に断っておくが、霊瘧《れいぎやく》の治し方は知らんぞ。そもそもその病に明確な治療法はない」

「霊瘧のことはいいんです。それよりまず、さっきの男なんですが……」

当面は瑠璃《るり》を蚊帳《かや》の外《そと》に置いて、早速話を切り出す。

柘榴《ざくろ》に相談してもよかったのだが、訊《き》ける相手が目の前にいるなら早めに知っておきたい。不測の事態はいつ起きるか分からないのだ。

「あいつは美濃部春喜《みのべはるき》といって、最近この界隈《かいわい》で与霊師《よれいし》をやっている男です」

「与霊師だと？」

その呼称に反応し、やっと月長がこちらを見た。溜息《ためいき》をつき、長い腕を組んで唸《うな》る。

「何故《なぜ》それを先に言わん。与霊師だと知っていれば、むざむざ逃がさなかったものを」

本格的に話を聞く態勢に入ってくれたらしい彼に、知り得る限りの美濃部に関する情報を伝える。

時刻はすでに六時前。明るい店内に比べて外はだいぶ暗く、窓ガラスがほとんど鏡と化していた。客は他に数人しかおらず、緩やかに流れるクラシック音楽が耳に心地《ここち》好い。

「……なるほど。与霊師が『凶姫』に弟子入りか。類は友を呼ぶというわけだな」

大筋の説明を聞き終えた月長が、カップを口に運びつつ皮肉げな感想を述べる。

その嫌味《いやみ》が自分に向けられたものだと悟った瑠璃が、ナイフとフォークの手を止めてシュンとうつむく。何ら反論してこない彼女に、月長はどこか不満げに舌を打った。

「しかしながら紺野《こんの》よ。残念だが、私はその件には絡めぬ」

「え？」

「今の私には、鴇田《ときた》家の真意を探る任務がある。今日やってきたのも、その定期報告のためだ。そちらにまで手は回らん」

鴇田とは確か、組織を取り仕切る御三家のうちの一つだ。鴫原《しぎはら》、鳰森《におもり》、鴇田……動物霊を守護霊とする彼らは『獣筋』三家と呼ばれ、本家・鴫原を頂点に全国の霊導家を総轄しているという。

月長《つきなが》が当主を務める鳰森家と違い、どうやら鴇田家の方は、まだ年若い翠《すい》がトップであることを快く思っていないらしい。……さっき翠が言っていた「家の雑事《ざつじ》」とは、月長と会うことだったのだろう。

「相談したいのは、有働《うどう》のことでも美濃部《みのべ》のことでもありません。怨霊《おんりよう》のことです」

「怨霊？」

「実は、俺の友人が――」

次に小田切《おだぎり》のことをかい摘まんで話す。

孝巳《たかみ》が彼の魂を引き留め、怨霊としてしまったこと。小田切がその後、妹の奈緒《なお》の元へ現れたこと。そして今、美濃部に憑《つ》いていること……

月長は腕組みしたまま、無言でテーブルを見詰めていた。相槌《あいづち》すら打ってこないが、真面目に耳を傾けてくれているようだった。

「月長さん、単刀直入に訊《き》かせて下さい。小田切は……成仏してなかったんですか」

「その通りだ。美濃部春喜《はるき》が所持している以上、それが全《すべ》てだ」

「でも、有働はそんなこと一言も……」

隣を窺《うかが》うと、瑠璃《るり》は相変わらずホットケーキをモグモグと食べていた。長く丹念《たんねん》な咀嚼《そしゃく》の果てに、「ぷはあ」と大きく息継ぎをする。噛みながら呼吸ができないようだ。

銀縁眼鏡の奥の瞳が、そんな瑠璃を苦々しく見据える。

「おそらく『凶姫《まがつひめ》』も、小田切少年は成仏したものと思っていたのだろう」

「え……」

「こ奴《やつ》を責めることはできん。そんな事態は確率が低過ぎて、普通は考慮から外すものだからな」

月長が珍しく瑠璃を庇《かば》っている。やっぱり彼も調子が狂っているのかもしれない。

「確率が低いっていうのは、どういうことですか？」

「死者の霊をこの世に引き留めるのは、残された生者だ。その基本は知っているな？」

「はい」

「なら、こちらも単刀直入に答えよう。小田切少年の魂を引き留めた人間は、お前だけではなかったということだ。妹の小田切奈緒もまた、小田切和人《かずと》を引き留めていたのだ」

思わず腰が浮いていた。

小田切《おだぎり》を引き留めたのが、孝巳《たかみ》だけじゃなかった？　奈緒《なお》も同じことをしていた？

確かにその可能性は頭にあった。孝巳が推測できる限りで、それが最も筋の通った理由のような気がしていた。でも……

「そんなことが、あるんですか？」

「実際にはほとんどあり得ん。死者の魂が引き留められること自体、実はそうそうあることではないのだ。幽霊とは雨後の筍《たけのこ》のように、ポコポコと発生するものではない」

「ちょ、ちょっと待って下さい」

その弁には異論を唱えたい。それは孝巳の経験則から言って、頷《うなず》きかねる発言だった。

「幽霊なんて、そんなレアなもんじゃないはずです。俺が今までどれだけの心霊体験をしてきたか……」

小田切和人《かずと》。山根由香子《やまねゆかこ》。有働壮馬《うどうそうま》。獣霊《じゆうれい》、幽鬼《ゆうき》、生邪魔《いちじやま》。

孝巳はこの数ヵ月間《すうかげつかん》だけでも、様々な霊と関わってきた。もはや霊は、孝巳の日常に溶け込みつつある。決して珍しい存在ではないのだ。

「紺野《こんの》よ、自分をスタンダードだと考えるのはやめておけ」

身を乗り出す孝巳に、しかし月長《つきなが》は無感情にカップをすすり言い放つ。寿司《すし》を食べていたときもそうだが、この人は何を口に入れても表情が変わらない。

「普通の人間は、お前ほど頻繁《ひんぱん》に霊と関《かか》わったりはせん。お前とて以前は、ずっと霊などと無縁に生きてきたのではないのか？」

「それはそうですけど……」

「本来はそれが普通なのだ。御前《ごぜん》、有働瑠璃《るり》、三塚柘榴《みつづかざくろ》……そういった強力な霊能者たちに囲まれ、お前は麻痺《まひ》しているのだ。霊が身近にいる環境に」

麻痺している——それは昨日、翠《すい》にも言われたことだ。

確かに昔の孝巳は、小田切の幽霊だけでも大騒動だった。それから霊をしばしば視認するようになって、色んな事件に巻き込まれて、さらには霊力の特訓まで始めて……いつしか霊がいる生活が当たり前のようになっていた。

環境に慣れ、感覚が麻痺していた。「幽霊なんて、そんなレアなもんじゃない」……今しがたの自分の発言に、背筋が冷たくなる。

「繰り返すが、死んでしまった者を未練がましく引き留める人間など、実際には稀《まれ》だ。程度の差はあれど人は皆、様々な形で故人の死を受け入れている」

そうなのかもしれない。静かに眠りにつこうとしている魂を、生者のワガママでこの世に縛りつけていいはずがない。だからどんなに納得がいかなくても、やりきれなくても、みんな心の底ではけじめをつける。死者の旅立ちを見送る。

幽霊などにしてこの世に残すことが、自分を呪わせたり復讐《ふくしゅう》に使ったりすることが、故人のためになるわけがない。死者はそのまま眠らせてやるべきなのだ。冥福を祈るとは、多分そういうことだ。

「話を戻そう。生者が死者を引き留めることすら稀《まれ》なのに、ましてや一つの魂を複数の生者が引き留める……そんなものは何十万分の一の確率だ。考慮するに値しないのだ。とはいえ、確率はゼロではない――それだけのことだ」

「それが俺と奈緒《なお》ちゃんだったと……？」

月長《つきなが》が首肯しつつ、またコーヒーをチビリと口に含む。

「四十九日という概念を知っているか？」

「四十九日？」

「死者の魂は、死んですぐにあの世へ行くわけではない。四十九日間この世を漂ったのちに、それからあちらへ行くのだ。仏教特有の概念のようになっているが、これは霊導師《れいどうし》なら誰でも知っている基本ルールだ」

「はあ」

「全く、お前にこんな説明までする羽目になるとは……」

愚痴《ぐち》りながらも、月長はまるで教師のように講釈《こうしやく》を続ける。銀縁眼鏡とスーツも相まって、本物の先生のようだった。

「その四十九日までに引き留められた魂だけが、幽霊となる。逆に言えば、それが死者を幽霊にできるリミットだ。お前と小田切《おだぎり》奈緒は、その間に小田切和人《かずと》を引き留めてしまったのだ」

死者の魂を引き留めるのは、本人の死後四十九日まで。

小田切も、由香子《ゆかこ》も、禽踊《きんよう》たち獣霊《じゆうれい》も、この世に存在する霊は全て、その期間内に引き留められたということか。

「原則的に霊を引き留めるのは、早い者勝ちだ。お前が小田切少年を引き留めたのは、妹より僅かに早かったということだな」

「…………」

「だからお前に解放されたのち、小田切少年は順番待ちである妹の元へ行った……売れっ子は大変だな」

もしや今のは冗談だろうか。嫌いだと言っていたくせに。

「そして今、小田切和人は妹からも離れ、美濃部春喜《みのべはるき》なる与霊師《よれいし》の元にいる。美濃部は除霊と偽り、小田切少年を妹から祓《はら》い——自分に憑《つ》けた」

「与霊のストックにすると同時に、霊障《れいしよう》を防ぐための頭数とするために……ですか」

改めて沸々と怒りが込み上げてくる。

「クソッ、よりによって小田切を……！」

小田切は未《いま》だ成仏できず、この世に縛りつけられている。怨霊《おんりよう》として人に祟《たた》ることを強いられている。美濃部春喜《みのべはるき》に囚《とら》われたままでは、彼の魂はどんな罪業《ざいごう》を背負わされるか分かったものじゃない。

テーブルを穿《うが》つほど見詰め、知らず孝巳《たかみ》は呟《つぶや》きを漏らしていた。

「――小田切《おだぎり》を送り還《かえ》す」

それが奈緒《なお》との約束。一方的なものだが、孝巳はそれを彼女に誓った。

「小田切を最初に引き留めたのは俺だ。これは俺の責任だ」

「お前が引き留めなくても、小田切奈緒が引き留めていた」

「そんなのは関係ありません。これは俺がやらなくちゃいけないことなんだ。それが――俺のけじめです」

去年の夏。瑠璃《るり》の協力もあって、孝巳は小田切の死に対する心の決着をつけた。だが、まだ終わってはいなかった。彼が成仏していない以上、解決と言えるはずがない。

紺野《こんの》孝巳には、小田切の魂を送る責任がある。引き留めた者として。友達として。

「……『凶姫《まがつひめ》』の霊瘧《れいぎゃく》が治るのを待つ気はないようだな」

「こいつはもう、やれることをやってくれました。あとは俺がするべきことです」

月長《つきなが》がフンと鼻を鳴らし、またカップに手を伸ばす。味わうことなく残りのコーヒーを喉《のど》に流し込むと、彼は事務的な口調で二の句を継いだ。

「私は今夜、鴫原《しぎはら》の屋敷に一泊する。午後八時以降ならば時間も取れよう」

「え？」

「気が向いたら道場に来い。即席だが、稽古をつけてやる」

「是非、お願いします」

テーブルに打ちつける勢いで頭を下げる。やっぱり言動とは裏腹に面倒見のいい人だ。翠《すい》が煙たがりつつも「右腕」と称するように、今では孝巳もこの仏頂面の霊導師《れいどうし》に少なからず信頼を寄せている。

彼の実力は知っている。男同士なのも気が楽だ。たった一回と言わず本格的に師事したいくらいだった。体育会系の孝巳は、おっかない先輩との上下関係には慣れているのだ。

と、そんなことを考えていたとき。

「――お待たせ致しました、紺野様」

いきなり横合いから少女の挨拶《あいさつ》が降ってきた。

見ると、目の前に青鶴高校《あおづるこうこう》の制服を着たツインテールが立っている。今しがた来店したらしい柘榴《ざくろ》は、店員よりも完璧な所作《しょさ》で一同に恭しくお辞儀してきた。

「よお三塚《みつづか》、待ってたぞ」

「わーい、柘榴ちゃんだ！」

嬉《うれ》しそうな瑠璃の歓声を受け、柘榴が「瑠璃様もご一緒だったのですね」と口許《くちもと》を綻ばせる。彼女は上品な微笑《ほほえ》みをキープしたまま、次に銀縁眼鏡の男を見た。

「お珍しいですね、月長《つきなが》様が寄り道とは。翠《すい》様が屋敷で待っておられるのでは？」

「要らぬ世話だ生邪魔屋《いちじゃま》。……もういいな？　では、私はこれで失礼する」

ムスリと言い捨て、月長が腰を上げる。

孝巳《たかみ》は急ぎ姿勢を改め、「ありがとうございました」ともう一度深く頭を下げた。

何だかんだでずいぶん長く付き合わせてしまった。稽古の件も含め、後日ちゃんと礼をするべきかもしれない。コーヒー代くらいでは到底埋め合わせにならないだろうから、せめてお洒落《しゃれ》な眼鏡ケースでも……

「月長様、お待ちを」

歩き去ろうとする月長を、やにわに柘榴《ざくろ》が呼び止める。彼女は通りかかった店員へ「ホットコーヒーをお願い致します」と告げ、テーブルの隅にあった伝票に注文を書き足してもらった。

「何だ生邪魔屋。用件があるなら早く言え」

煩《わずら》わしげに急《せ》かした月長に、柘榴が天女のごとく麗しく笑いかける。

「月長様。私《わたくし》どもは高校生でございます」

「知っている」

「目下のところ、交際費・遊興費《ゆうきょうひ》は親に頼らざるを得ません」

「それがどうした」

「学生の平均的なお小遣いの額、ご存知《ぞんじ》でしょうか」

「…………」

「今日も高級スーツと高級眼鏡が、よくお似合いで……」

「ああもう分かった！　貸せ！」

この上なく回りくどいそのおねだりに、月長は鬼の形相《ぎょうそう》で乱暴に伝票を奪い取った。憤然とレジへ向かうその背中を見送ると、柘榴がこちらに悪戯《いたずら》っぽく片目を閉じてみせる。堂に入ったウィンクだった。

「太っ腹なお方でございます」

「お前……」

翠が言ったのとは違う意味で、恐ろしい少女だ。相談に乗ってもらったばかりか、代金まで払わせてしまうとは……眼鏡ケースに加え、眼鏡クリーナーも付けなくてはならなくなった。

「柘榴ちゃん、悪い顔……」

さすがに瑠璃《るり》も呆《あき》れ顔をしている。ホットケーキとメロンソーダがまとめて奢《おご》りになった彼女は、一番の勝ち組だろう。

「あの方が私を生邪魔屋と呼んだとき、仕返しをすることにしております」

さっきまで月長がいた場所に、泣《な》き黒子《ぼくろ》の少女が行儀よく腰を下ろす。彼女はおもむろに月長《つきなが》の残したグラスを手に取り、抵抗もなくその水を一口飲んだ。

「それに、部長の瑠璃《るり》様がご不調である今、書記の私《わたくし》が頑張りませねば」

「お前の横暴さは、書記っていうより総書記だな……」

思わず唸《うな》った孝巳《たかみ》に、柘榴《ざくろ》は「光栄にございます」と赤い革手袋を口に添えて笑った。

6

深夜、午前一時。

繁華街に数軒点在するクラブの一店で、美濃部《みのべ》春喜《はるき》は壁にもたれカルアミルクを傾けていた。

程なくして時間通りに現れた二人の手下から、お決まりの定例報告を聞く。が、店内に鳴り響く音楽があまりにうるさいので、仕方なく店の裏手へと場を移すことにした。

「チッ、声が聞こえねえっての……」

腹立たしげに吐き捨てながら、金魚のフンのように追従《ついじゅう》してきた手下たちに向き直る。

スキンヘッドとロン毛という対照的な二人が、決まりの悪そうに卑屈な愛想笑いを浮かべていた。どんな犯罪行為も顔色一つ変えずに行う奴《やつ》らだが、中学時代からのボスである美濃部にだけはすこぶる従順であった。

「で、何だって？　客が見付からなかったって？」

改めて問うと、二人が同時に頭を掻《か》く。

「す、すいません美濃部さん」

「その代わり、生意気な野郎がいたら片っ端からシメてます。ここら辺の奴ら、大したコトないっすね」

愚にもつかないその釈明《しやくめい》に、美濃部はこれみよがしに嘆息《たんそく》して煙草《たばこ》をくわえた。スキンヘッドがすかさずジッポーの火を差し出してくる。

「あのなぁ、俺は別にヤンキーごっこしに来てるんじゃねえんだよ。客を探せっての。霊に憑《つ》かれてる奴、いねぇのか？」

「ウッス、すいません……」

「俺らは霊感とかないんで、よく分かんなくて」

使えない手下どもに、知らず舌打ちが出る。

「だったら逆の客を探せよ。与霊の客をよ。誰かを恨んでる奴なんざ、腐るほどいるだろ」

ロン毛が困り顔で「はあ」と頼りない返事をする。放火の常習犯のくせに湿気《しけ》た奴だ。

「分かってるだろうが、金を払える奴を連れてこいよ？　与霊は五万、除霊は二万だ」

「もっと貰《もら》っていいんじゃないっすか？」

その僭越《せんえつ》で間抜けな口出しに、美濃部は苛立《いらだ》たしげに煙を吐き出した。

「料金はいずれ上げるさ。今は名を売る段階なんだよ」

こいつらは腕っぷしだけが取り柄で、商売というものをまるで理解していない。地元の誼《よしみ》で連れてきたが、いつかは切り捨てるべきだろう。

そんなことを考えつつ、頭上の夜空を見上げる。裏路地に切り取られた細長い黒天に、煙草《たばこ》の白煙が薄く漂っていた。

（しかし、この町は穴場だぜ）

除霊師や与霊師《よれいし》にも縄張りがあると聞いていたが、どういうわけかこの界隈《かいわい》には同業者が一人もいない。拠点とするには格好の町と言える。

しかもここには、あの有働瑠璃《うどうるり》がいる。彼女から怨霊《おんりよう》の制御方法を聞き出せば、今より確実に仕事がはかどる。除霊などは単なる副業に過ぎない。怨霊のストックが増やせられれば、すぐにでも与霊業だけに専念するつもりだった。

（とはいえ、色々と面倒臭ぇ奴《やつ》らがいるようだが）

あの紺野《こんの》という傷顔のヤンキーに、月長《つきなが》というスーツの男。

奴らがいる限り、迂闊《うかつ》に有働瑠璃との接触ができない。この町で与霊師を続けていく上でも、目障《めざわ》り極まりない連中だ。邪魔者は排除する必要がある。

「ま、じっくり腰を据えていくか」

独り言のように呟《つぶや》き、煙草を捨てて歩き出す。

「美濃部《みのべ》さん、どちらへ？」

「怨霊の確保。試しにあと一体、ストックに挑戦してみらぁ」

町に来て半年弱、すでに霊のいる場所はいくつか把握している。

しかし美濃部の力量では、まだその全部を憑《つ》けることはできない。正直、今いる三体の怨霊を制御するだけでも手を焼いているのが現状だ。

（だが、そうも言ってられねえ。どうせこいつらが見付けてくるのは、与霊の依頼人ばっかだろうしな）

与霊の依頼というのは、除霊のそれに比べて遥《はる》かに数が多い。というより、除霊の依頼自体が極端に少ない。怨霊に取り憑《と》《つ》かれた人間など実際には稀《まれ》であり、だからこそ商売としての旨味《うまみ》がないのだ。

さりとて今の状態で与霊ばかりを請け負っていては、すぐに怨霊《ざいこ》が尽きてしまう。怨霊のストックを増やすことは、美濃部にとって切実かつ火急の問題だった。

――と、その時。いきなり誰かに押されたように、美濃部の体が前方につんのめった。

「おっと」

直後、傍《かたわ》らの壁際に高く積み上げられていたビールケースが、グラリと傾く。

あまりにも不自然に突如として崩れてきたそれは、半瞬前まで美濃部がいた場所におびただしい鈍器の雨を降らせた。瓶の砕ける派手な音が、狭い路地に轟《とどろ》き渡《わた》る。

「み、美濃部《みのべ》さん！」

「大丈夫っすか！」

「問題ねえよ。いつものこった」

血相を変えて駆け寄ってきた二人に、平然と答える。

今のは美濃部に憑《つ》いている、いずれかの怨霊《おんりよう》の仕業だ。それを察知して背中を押したのも、憑いている他の怨霊の仕業だ。……つくづく面白い現象だと思う。

霊障《れいしよう》の相殺《そうさい》は上手《うま》くいっている。が、与霊師《よれいし》としてやっていくにはとても充分な数とは言えない。最低でも今の倍、六体は常時確保していたい。

（教えてもらうぜ有働瑠璃《うどうるり》。多数の怨霊を制御する方法を）

有働瑠璃の顔は覚えた。想像に反して気弱で非力な少女であることも分かった。あれなら御しやすい。少し脅してやれば何とでもなるだろう。

外見も悪くないので、自分の女にしてもいい。何なら象徴として担ぎ上げ、『与霊の本家本元』を謳《うた》うこともできるかもしれない。

美濃部が再び歩き出すと同時に、不意に裏口の戸が勢いよく開いた。音を聞きつけてやってきた店員だった。

「お前ら！　何をしてる！」

現れるなり一喝《いつかつ》してきたその男に、いきり立った手下二人がズカズカと詰め寄る。

「あ？　うっせぇぞコラ！」

美濃部が命じるまでもなく、彼らはたちまち殴る蹴るの暴行に興じ始めた。

こいつらは基本的に、他者に対して容赦を知らない。女だろうと子供だろうと動物だろうと、気に食わないならとことん痛めつける。まあ、それは自分も同じなのだが。

リンチを捨て置き、一人その場を去ろうとしたところ。

「お、お前ら……こんなことしてただで済むと……防犯カメラだってあるんだぞ……！」

うずくまった店員が絞り出したそんな呻《うめ》きに、美濃部は足を止めた。

ゆっくりと反転して引き返し、手下二人を押《お》し退《の》け、ふざけたセリフを吐いた男を冷たく見下ろす。

「……脅してるつもりか？　舐《な》めんなよオッサン」

気が変わった。手下たちに押さえつけるよう指示し、地面のビール瓶を拾い上げる。アルコールの残り香が微《かす》かに鼻をついた。

「俺は舐められるのが一番ムカつくんだよ。テメェは——俺の地雷を踏んだ」

すでに満身創痍《まんしんそうい》な店員の脳天に向けて。

美濃部は思いきり凶器を振り落とした。

第三章　霊瘧《れいぎやく》デート

1

喫茶店での一幕から一週間が過ぎた、二月初旬の水曜日。

その日も夜遅くに帰宅した孝巳《たかみ》は、夕食と風呂を作業のように済ませ、狭い自室の真ん中に正座していた。

しばらく瞑想《めいそう》によって入念に霊力を整えたのち、ポケットからスーパーの福引券を取り出す。それを食い入るように睨《にら》みながら、指先へと一心不乱に念を送り続ける。

（券を剣に。券を剣に。剣、剣、剣、剣）

長らくの悪戦苦闘の果てに、福引券が淡い光を発しつつ変化していく。紙切れは次第にズシリと重みのある質感を持ち、やがて先日と同じ日本刀が完成した。

（よし）

立ち上がって剣を構え、二度ほど振ってみる。すると、たったそれだけで刀はたちまち融解《ゆうかい》するように福引券へと戻ってしまった。未練を込めて紙端をピンと弾いてみたが、すっかり元の紙切れだった。

（まだ五秒ほどが限界か）

それでも上達した方だ。少し前までは成功することすら稀《まれ》だったのだから。

万全の環境で集中してこのレベルでは、とても実戦で使えるものじゃない。美濃部《みのべ》ではないが、その道の達人がいるなら是非とも弟子入りしたい心境だった。

……月長《つきなが》に一度だけ稽古をつけてもらって以降、孝巳は約三ヵ月振りに鴫原《しぎはら》邸の道場へ再び通い出した。

翠《すい》と柘榴《ざくろ》を日替わりで相手にして、霊力を駆使した乱取りを行う。そして家に帰れば福引券を相手にして、【言替《ことかえ》】の修行に没頭する。周りに言霊《ことだま》使いがいない以上、こちらはアドバイスだけを頼りに独力でやるしかなかった。

「ふう」

小休止しようと一旦デスクの椅子に座り、大きく伸びをする。

時計を見ると、午後十一時をとっくに回っていた。幸い今日は宿題もないので、もう少し練習ができるだろう。

しばし掌《てのひら》の福引券を弄びながら、月長からの助言を改めて思い起こす。

『言替が成功したところで、使いこなせねば意味がない。発動にかかる時間、そして武器にしていられる時間を、常に秒コンマ単位で把握しておけ。実戦では敵の攻撃に注意しつつ、同時に精神集中を行わねばならん……せいぜい頑張るのだな』

そんな無茶《むちゃ》な、と孝巳は思う。

戦いの中で言替《ことかえ》を試みる困難さは、朽縄《きゅうじょう》と戦ったときに身に沁《し》みている。たった一度のビギナーズラック以降、あの時の孝巳《たかみ》は最後まで言替を成功させることができなかった。

（せめてコツでもあれば）

次に柘榴《ざくろ》からの言葉を思い出す。

『基本的に霊能というものは、人それぞれに発動のスイッチがあります。瑠璃《るり》様がヘアピンを外すこと、翠《すい》様が口笛を吹くこと、私《わたくし》が指を鳴らすこと……あれは瞬間的に集中力を高めるための自身への合図なのです。私たちはパブロフの犬のように、合図だけで無意識に力が発揮できるよう、幼い頃より訓練されています。紺野《こんの》様もそういった合図をお作りになってはいかがでしょうか』

それは確かに効果的かもしれないが、気の遠くなる話だ。身につくのは何年先になるのやら……

最後に翠からの言葉を思い出す。

『短い一言を合図にしてみるのはどうかしら。例えば【スキスキ翠たん】とか、【鵺鵺《ヌエヌエ》キュンキュン】とか』

組織を取り仕切る総帥《そうすい》が、一番くだらない助言をしてきた。これで瑠璃がいつもの状態だったら、話はさらに脱線していただろう。

（有働《うどう》の奴《やつ》、いつまであの調子なんだろ……）

もう発病から一週間以上も経《た》つのに、未《いま》だ彼女に治る兆《きざ》しはない。昨日などは「ピアスを空けたい」などと言い出したのを、翠が必死に止めていた。

今の瑠璃は、美濃部春喜《みのべはるき》に狙われている。すでに顔も割れてしまった。なので部活は当分休みにして、登下校時にも必ず誰かが付き添うようにしている。

とりわけ柘榴は同じマンションということもあり、かなりの負担を強いてしまっている状態だ。その上で美濃部の捜索、そして孝巳の稽古にまで付き合わせているのだから、今回の一件で最も大変なのは間違いなく柘榴だろう。

（本当は有働は、誰かに守られるタマじゃないんだ）

いつもの瑠璃なら、美濃部など歯牙《しが》にもかけず撃退できるはず。こんなタイミングで霊《れい》瘧《ぎゃく》にかかるとは、つくづく天性のトラブルメーカーだ。

天才怨霊《おんりょう》師・『凶姫《まがつひめ》』――彼女が戻ってくるのは、いつになるのだろうか。


金曜日の放課後。今日も翠か柘榴のいずれかと街を回り、そのあと道場へ行くつもりだった孝巳は、廊下で合流した二人からその両方を却下されてしまった。

「ここ最近、貴方《あなた》はオーバーワーク気味よ。小田切《おだぎり》さんが気掛かりなのは分かるけど、体調管理もちゃんとしなさい」

そんな翠の訓告を受け、不承不承《ふしょうぶしょう》従うことにする。確かにこの数日、明らかに疲労が溜《た》まっている自覚はあった。

……瑠璃《るり》の略取に失敗して以降、美濃部《みのべ》はまだ一度も姿を現していない。毎日の捜索の甲斐《かい》もなく行方は掴《つか》めないままだ。

本心としては、一日だって鍛練を怠りたくない。美濃部が警戒して鳴りをひそめているのなら、今のうちに僅かでも力をつけておきたい。

反面、いつまでも美濃部を泳がせておくのも、決して得策とは言えない。その間に小田《おだ》切《ぎり》を与霊に使われるようなことがあったら、彼の魂にいらぬ罪業《ざいごう》を背負わせてしまうことになる。美濃部は霊を道具にしか思っていない男なのだ。

ジレンマを抱えつつも二人の後ろに続き、最後にE組の瑠璃とも合流する。そのまま四人で学校を出て、電車で一駅戻ってやってきたのは、「コーポ・ルリポン」の八階——またしても瑠璃の家だった。

「久し振りに全員揃《そろ》ったね！　何しよっか」

テキパキと人数分の紅茶を用意しながら、瑠璃がご機嫌に一同を見回してくる。

彼女は霊瘧《れいぎゃく》が治るまで一人での外出を禁じられており、家と学校を行き来するだけの日々が続いている。仕方のないこととはいえ、たまには息抜きをさせてやらなければ可哀《かわい》想《そう》では……今日みんなで集まったのは、そんな柘榴《ざくろ》の提案だったらしい。

「いかがでございましょう。本日は久し振りに、『お笑い研究会』の活動をしませんか？」

「へ？」

その柘榴からのさらなる提案に、孝巳《たかみ》は目をしばたたかせた。

瑠璃が「わーい賛成！」と手を叩《たた》く。その横では何故《なぜ》か、翠《すい》がこれでもかと苦り切った表情をしていた。

「活動って何するんだ？」

「無論、ネタ稽古でございます」

「でも有働《うどう》がこのザマじゃ……」

今の瑠璃に漫才ができるとは思えない。そっち方面に興味をなくした彼女は、落語やお笑いのＤＶＤを全部しまい込み、宮崎アニメばかり観《み》ている有り様だと聞いている。

「ご心配なく。ネタならば私《わたくし》が用意致しました」

「み、三塚《みつづか》が？」

「はい。今回、瑠璃様には観客となって頂きましょう。翠様もそのように丸め込ん……説得してあります」

妙に意欲的な柘榴とは対照的に、翠が深い嘆息《たんそく》を漏らす。どう見ても気乗りがしていない様子だ。

「柘榴。本当にあれをやるの？」

「はい。この息抜きは、私たちのために行うものでもあります。それにネタの披露は、瑠璃様が回復されるきっかけとなるかもしれません」

雄弁に語るツインテールに、総帥《そうすい》が反論に窮して口籠る。

心なしか主従関係が逆転しているように見えた。もしかしたら柘榴《ざくろ》は、ここ数日の多忙な生活に予想以上のストレスが溜《た》まっているのかもしれない。

「だ、だったらもっと効果的なことをしない？　そうだわ、怖い話なんてどうかしら。怪談なら瑠璃《るり》の精神に刺激を与えられるかも……」

「お言葉ですが翠《すい》様。私《わたくし》たちが怪談をしても、それは単なる世間話です」

「う……」

「怪談ではなく、猥談《わいだん》ならばお付き合い致します。好みの殿方のタイプ、胸が育ち始めた時期、性感帯はどこなのか……それらを洗いざらい白状する覚悟がおありですか？」

「そ、それは」

「実はうなじが極端に弱いことを、撫《な》でられると変な声が出ることを、紺野《こんの》様に知られてもいいのですか？」

「バラさないでよ！」

柘榴のよく分からない追及に、翠が涙目になっている。間もなく総帥はやり込められ、完全に沈黙してしまった。

（今さらだけど、こいつら予想以上に打ち解けたよな……）

翠と柘榴の漫才というのも、思えば新鮮かもしれない。学校屈指《くっし》の美少女二人のネタなど、そうそう見られるものじゃないだろう。孝巳《たかみ》自身の気晴らしにだってなるはずだ。

そんな風に前向きに捉え、ティーカップに手を伸ばしかけた矢先。

「紺野様、カモンでございます」

そう言って柘榴が手招きしてきた。

「へ？　俺？」

「ツッコミ役をお願い致します」

「ちょ、ちょっと待ってくれ。お前ら二人でやるんじゃないのか？」

「いいえ。このネタには紺野様の参加も不可欠となっています」

「でも俺、そのネタ知らないんだけど……」

「紺野様ならば、即興でも必ずや対応できます。して頂きます」

「無茶《むちゃ》言うなって！」

悲鳴めいた抗議を上げ、激しく首を振って拒否を示す。オーバーワークだからと鍛練を休んでおいて、何でそれ以上に疲れなきゃいけないのだ。

すると、たちまち柘榴が大袈裟《おおげさ》に落胆し、傍《かたわ》らの本棚にヨヨヨと身を寄せた。

「ああ紺野様……また私の誘いを断られるのですか。何故《なぜ》そうも邪険になさるのです」

「べ、別にそういうわけじゃ……」

「黒ストッキングを穿《は》いた女に、何の恨みがあると?」

「黒ストは関係ねえよ!」

出てもいない涙を白々しく拭っている柘榴《ざくろ》を見て、瑠璃《るり》が「だったら」とデジカメをテーブルに置いた。

「この前のお泊まりの写真でも見る? 翠《すい》ちゃんのグラビアごっことか、柘榴ちゃんの裸エプロンとか撮ってあるよ」

翠の「駄目よ瑠璃!」という絶叫より先に、デジカメが孝巳《たかみ》の手に渡る。そのまま何気なく小さなモニターに目を落としたとき、全身が硬直した。

……そこには、胸をはだけて女豹《めひょう》っぽいポーズをしている翠が写っていた。

画像を次に進めると、今度は剥《む》き出《だ》しの乳房を手で隠し、恥ずかしそうに目線を逸《そ》らしている翠。さらにはバスタオル姿や水着姿、猫耳メイドの姿まであった。文化祭では見逃したが、まさか今になって拝めることになるとは……

「ち、違うの! それはちょとふざけただけなの! 私は嫌だったの!」

「最後はノリノリでいらっしゃいました」

そう言ってデジカメを覗《のぞ》いてきた柘榴自身の画像が、次に現れた。一糸まとわぬ裸体にエプロンだけを着けている。肉付きのいい白い尻が、プリンと丸出しになっていた。

「あっ、そこから先はいけません!」

たちまち柘榴が狼狽《ろうばい》し、電光石火でデジカメを強奪してくる。

「あとの画像は私《わたくし》ばかりです。とても未成年の鑑賞に耐えられるものではありません」

「ズルいわ柘榴！　貴女《あなた》もちゃんと見てもらいなさい！　霊導界一の痴女っぷりを！」

デジカメを奪い合う二人をよそに、とりあえず瑠璃に「データを全部くれないか」と頼んでみたが、やっぱり駄目だった。

……そんなこんなの脱線を経て、結局はネタ稽古の方向で話が進むことになった。落ち着きを取り戻した翠が、諦めたように息を吐く。

「仕方ないわ。これも総帥《そうすい》としての試練だと考えましょう」

覚悟を決めた眼差《まなざ》しを向けられ、孝巳も起立を強いられる。こうなってはもう断るのは無理だった。

目を輝かせて見上げてくる瑠璃を前にして、三人が横一列に並ぶ。孝巳は真ん中に立たされることになった。

「じゃあ始めるわ――コント・桃太郎よ」

「またベタな素材を……」

孝巳の暗澹《あんたん》たるボヤきに、瑠璃の元気な拍手が虚《むな》しく重なった。

「良い子のみんな、ご機嫌いかがかしら。私の名前は鴫原《しぎはら》翠改め・桃太郎。桃に入って川をドンブラコと流れていたところ、お婆様《ばあさま》に拉致されたわ」

「拉致って言うな」

「お陰でこうして、鬼退治に行く羽目になってしまったの。何て理不尽な話なのかしら」

「仕方ないだろ、桃太郎なんだから」

「こんなことなら私も竹に入っておくんだったわ」

「不毛な愚痴《ぐち》はいいから早く行けよ。お供の三匹探さないとな」

「大丈夫。彼らならすでにゲットしているから」

「そ、そうなのか？　やけに手際がいいな……」

「当然よ。私をサトシのようなノロマな鼠《ねずみ》フェチと一緒にしないで」

「サトシをディスるな！」

「どうせあの男も、思春期になればギャルゲーばかりやり出すんだわ」

「あいつの思いはそんな薄っぺらじゃねえよ！」

「……まあいいわ。お供の三匹、呼びましょうか？」

「呼んだ方がいい？」

「ああ」

「ああ」

「………………」

「………」

「──禽踊《きんよう》、牙穿《がせん》」

「やっぱりか！　そいつらキジでもイヌでもねぇだろ！」

「どう？　強そうでしょう？　吉備《きび》団子一つでノコノコついてきた、愚かな畜生たちよ」

「なぁお前ら……時には歯向かっていいんだぞ？」

「さあ、鬼退治に行きましょうか」

「ちょっと待て。サルがいないぞ。欠員はまずいだろ」

「キキー。お呼びになられましたか、紺野《こんの》様」

「三塚《みつづか》かよ！」

「はい。私《わたくし》めがサルでございます」

「ずっと黙って立ってるから、てっきり出番待ちだと思ってたよ……」

「いいえ。私めがサル──メスザルでございます」

「分かったよ！」

「淫乱でございます」

「知らねえよ！　知ってるけど！」

「モンキージョークでございます。キキー」

「お前、どこまで堕《お》ちてくんだよ……」

「――さあ、全員揃《そろ》ったところで今度こそ鬼ケ島《おにがしま》へゴーよ。迅速に奴《やつ》らを滅ぼし、財宝を奪い、サツが来る前にずらかるわ」

「最悪な桃太郎だな」

「私は禽踊《きんよう》と牙穿《がせん》を連れて、正面から突入するわ。柘榴《ざくろ》と紺野《こんの》くんは裏手に回ってちょうだい」

「俺もメンバーに入ってんのか⁉」

「当然よ。じゃあ貴方《あなた》は何役なの？　他のキャストは埋まっているわよ」

「じゃあお爺《じい》さん役でいいよ」

「彼はもう始末したわ」

「何で殺した！」

「キキー。恐れながら桃太郎様、ここはオリジナルキャストでどうでしょうか。痴漢のサラリーマンとか」

「どこで出てくるんだ！」

「露出狂の村人はどうかしら」

「どこを出させる気だ！」

「分かったわ。じゃあ間を取って、痴漢の露出狂にしましょう」

「ド変態いっちょ上がりじゃねぇか！」

「キキー。では露出狂の紺野様、早速ですがお出し下さいませ。その極太の金棒と、二つの吉備《きび》団子を」

「黙れエロザル！　ストレスを直球でネタにぶつけ過ぎなんだ！」

「二人とも、仲間割れはやめなさい。私が自慢の桃尻を出すから、それで我慢して」

「折衷案《せっちゅうあん》でも何でもねえよ！」

「何と、露出狂は桃太郎様の方でしたか。キキー」

「駄目だ……お前ら二人を同時に相手にするのは無理だ……」

「面白かったよ！」

ようやくネタが終了すると、瑠璃《るり》が再び拍手をしながら喝采を上げた。

凄《すご》い凄いとしきりに絶賛する彼女に、とりあえず訊《き》くだけ訊いてみることにする。

「何か駄目出しはないのか？　反省点がてんこ盛りだったと思うんだが」

「ううん、ないよ。凄く楽しかった！」

「………………」

違うだろう。お前はこっち側に立ってなきゃいけない人間じゃないか……屈託なく笑うだけの瑠璃に、そんな強い葛藤を抱く。

一体いつまでその状態でいるつもりなのか。いつまでツッコミ無用の少女でいるつもりなのか。「お笑い」とも「霊」とも無縁になってしまった有働瑠璃《うどうるり》は、果たして有働瑠璃と呼べるのだろうか？　今の彼女にとって、紺野孝巳《こんのたかみ》とは一体何なのだろうか？

　そこで瑠璃が「そうだ」と何かを思い立ち、鞄をたぐり寄せてゴソゴソと中をあさり始めた。ややあって差し出されてきたのは、一冊のノートだった。

「これ、柘榴《ざくろ》ちゃんか紺野くんが持ってた方がいいかも」

　表紙にマジックで大きく「秘」と記されたそのノートに、孝巳は見覚えがあった。これは瑠璃のネタ帳だ。

「でもお前、それは」

　以前に孝巳があのノートを何気なく見ようとしたとき、物凄《ものすご》い勢いで奪い返されてしまった。よっぽど極秘なのか、その時の瑠璃は猫のように「フーッ！」と孝巳を威嚇《いかく》してきた。それだけ大事な物なのだ。

　自身の宝とも言えるそのノートを躊躇《ちゆうちよ》なくよこしてきた彼女に、胸がチクリとする。翠《すい》と柘榴も同じ心境なのか、複雑な表情を浮かべていた。

「私は観《み》てるだけで充分だし。ね？」

「……駄目だよ有働。それは自分で持っててくれ」

　その時の孝巳にできたのは、そんな一言と共に首を振ることだけだった。

2

静寂に包まれた暗黒の中に、孝巳は一人佇《たたず》んでいる。

闇はどこまでも濃く深く遠く、空や地面すら判然としない。かざしてみた手はそこにあるはずなのに、いくら目を凝らしても輪郭すら掴《つか》めなかった。

ここは何処《どこ》だろう。出口はないのだろうか？

しばらく途方に暮れていると、いきなり聞き覚えのある声が耳を突いた。

「――紺野くん」

それは、紛《まぎ》れもなく瑠璃の声だった。

「有働？　有働か？」

無駄と知りつつ周囲の闇を見回した瞬間、前方に眩《まばゆ》い光が生まれた。

数メートル先でスポットライトのごとく燦然《さんぜん》と輝く光幕。その中に、瑠璃がいた。

純白のドレスをまとい、黄金のティアラを頭に乗せている。右手には三叉の矛を持ち、腰にチャンピオンベルトを巻き、脛《すね》にはキャッチャーのレガースを着けている。……謎の仮装だった。

「お別れだ、紺野くん」

「お、お別れ？」

現れるなり出し抜けにそう言った彼女に、微《かす》かな胸騒ぎを覚える。とりあえず歩み寄ると、孝巳《たかみ》もその光の内側へと入ってみた。

「何だよそのカッコ」

「これが私の本当の姿なんだ。君にだけは最後に見せておこうと思って」

「最後って……転校でもするってのか？」

「どうやら私は、この世界に長く留《とど》まり過ぎてしまったらしい。本来いるべき場所へ帰らなくちゃいけなくなった」

「ど、どこに帰るってんだよ」

「後楽園《こうらくえん》ホールだ」

「文京区《ぶんきょうく》じゃねえか！　ていうかそこ、長寿番組《スマイルポイント》の収録会場だろ！」

ツッコミを軽く受け流し、瑠璃《るり》が少しだけ悲しげに笑う。

「誤算だったよ。この世界を滅する使命を帯びてやってきた私が、まさか君たちと友情を育んでしまうなんて……こんな私を、惨幽帝《さんゆうてぃ》・虚勇挫《こゆうざ》様は決してお許しにならないだろう」

「その人はただの落語家だ！」

「紺野《こんの》くん。私がいなくなっても、笑顔を忘れちゃいけないよ」

「ちょ、ちょっと待てって！　意味が全然……」

孝巳が言い終わる前に、瑠璃の背中から美しい翼がバサリと出現した。白鳥にも似た大きな羽根を広げたその姿は、アバンギャルドな天使に見えなくもなかった。

「な、な、何だそりゃ！　本物なのか⁉」

「触っちゃ駄目だ。無理やり剥《は》がそうとすると血が出るし、治りも遅くなる」

「カサブタかよ」

「じゃあね紺野くん。この世界の平和は任せたよ」

改めて別れを告げた直後、瑠璃の体が轟音《ごうおん》を立てて浮上し始める。両足の裏から火を噴いたジェット放射によるものだった。

「翼を使えよ！」

孝巳が喚《わめ》く間にも、瑠璃はどんどん上昇し小さくなっていく。

やがて彼女と共に光も消失し、再び辺りが暗黒に塗り潰されたとき。

孝巳は夢から目覚めた。


桃太郎コントの翌日。

その日の孝巳は、全ての授業を居眠りで過ごしてしまった。何の教科があったのかすら覚えていない。土曜日なので昼で放課となったのが、せめてもの救いだった。

色々と疲れているはずなのに寝不足となったのは、きっと瑠璃の夢を見たせいだ。一向に霊瘧《れいぎゃく》から回復しない彼女への不安……それがあんな荒唐無稽《こうとうむけい》な夢を見せたのだろう。

（美濃部《みのべ》のこともあるし、早く治ってくれないと困るんだが）

教科書を鞄に押し込めながら、まだ少しぼーっとしている頭の覚醒に努める。……もしかしたらこの気だるさは、単に疲労のせいだけじゃないのかもしれない。

毎日部室へ行き、くだらないボケを連発するカッパ少女をどやしつける――その習慣がなくなったことに、心身が戸惑っているのではないのか。ひょっとするとこれは、「ツッコミ欠乏症」ではないのか。

そういえば中学時代、肩を傷めて数日間ピッチングを禁止されたときも、体調不良に陥ったことがあった。原因不明の頭痛に見舞われ、腹を下し、おまけに口内炎が二つもできた。投球ができないことへのストレスだったのだが、まさか瑠璃《るり》に突っ込めないことで同じ現象が起きているんじゃ……

「紺野《こんの》くん、帰ろ！」

孝巳《たかみ》の憂悶《ゆうもん》に割り込むように、教室の外からそんな声が飛んできた。

視線を転じると、廊下で瑠璃が手を振っていた。先にホームルームが終わったらしい。

手早く鞄を取って席を立つと、ニコニコと待っている彼女の元へ足を向ける。当たり前だがその背中に翼はなく、矛も持っていなかった。

「じゃあ帰るか」

「うんっ」

　そのまま一緒に校舎玄関を目指して歩き出す。

　翠《すい》と柘榴《ざくろ》は今日、美濃部を捜して街を回るとのことで、瑠璃を家まで護衛する役目は孝巳が務めることになっていた。無論、寄り道などはしない。真《ま》っ直《す》ぐ送り届けたら、孝巳も捜索に加わるつもりだ。

　程なくして校門を出ると、生徒たちに混ざって、駅へと続く歩道を歩いていく。その間も瑠璃が延々と雑談を繰り返してきたが、突っ込む箇所《かしょ》はどこにもなかった。

「……あ、そういや」

　その時、孝巳は突発的にあることを思い出し、路上で立ち止まった。鞄に手を突っ込み、底の辺りをまさぐる。目当ての物はすぐに見付かった。

　取り出したのは、四つ折りに畳まれた小さな紙切れだった。

「それ何？」

　興味深げにヒョイと覗《のぞ》き込《こ》んできた瑠璃に、紙を広げてみせる。

「いつだったかな、お前から貰《もら》ったんだよ」

「私から？」

「ああ。すっかり忘れちまってた」

　困ったことがあったら、これを読みたまえ……そう言って瑠璃が強引にねじ込んできたメモだ。何が書かれているのかは知らないが、孝巳は今まさに困っている。

開いた紙には、見慣れた丸っこい文字が綴《つづ》られていた。

『やあ紺野《こんの》くん。これを見ているということは、困っているね？ そんな君に助言を授けよう』

期待を込めて文字を追っていくと——『今日はもう寝るんだ』と書いてあった。

「……まあ、こんなことだろうと思ったよ」

「これ、どういうことだろ？」

「きっと意味はないんだ。俺が読んでガッカリした時点で、これはオチてるんだよ」

「ふ～ん……？」

メモを鞄に戻した孝巳《たかみ》に、「でも、睡眠は大切だよね」と本人が無邪気に笑った。


その後、無事にマンションまで瑠璃《るり》を届けた孝巳は、しかしながら辞去することに失敗してしまった。せっかくだからお茶でも飲んでいけ、とやけに引き留めてくる瑠璃に根負けし、やむを得ず一杯だけ付き合うことにしたのだった。

私室に通され、先日と同じ場所に座る。が、頭を占拠するのは美濃部《みのべ》のことばかりだ。

どこへ雲隠れしているのか。この町に潜んでいるのは間違いないのに、奴《やつ》は一向に尻尾《しっぽ》を出さない。稲垣昌造《いながきしょうぞう》も公園での一件以来、美濃部とは接触していないとのことだった。

（あいつが有働《うどう》を諦めたとは思えない。必ずまた狙ってくるはずなんだ）

落ち着きなく壁の時計に何度も目をやっていると、お茶の用意に行っていた瑠璃が何故《なぜ》か手ぶらで戻ってきた。

——その姿を見るなり、孝巳はポカンと呆《ほう》けてしまった。

現れた瑠璃は、鍋を頭に被《かぶ》り、お玉を手にしていた。多分どちらもこの間のカレーに使われていた物だろう。夢で見た瑠璃の仮装が、一瞬だけフラッシュバックする。

「紺野くん、どう？」

「いや、どうって言われても……」

「私、悪い人に狙われてるんでしょ？　万一のときは、ちゃんと自分で身を守らなくちゃ」

そう言って、へっぴり腰でお玉を構えてみせる。被った鍋は大き過ぎて、前がよく見えていないようだった。これがボケならいいのだが、天然なだけに悲しい。

「お前は戦わなくていいよ。万一のときは逃げることだけ考えてくれ」

「そんなのダメっ。私だって少しはやれるんだから……たあ！」

瑠璃がお玉を大上段に掲げ、そのまま一気に振り下ろす。

すると、あろうことか先端の金属部分がすっぽ抜けて、孝巳の股間に直撃した。

「！」

鈍い痛みが脳天まで突き抜ける。あまりに想定外の不意打ちに、孝巳は内股になったまま前のめりに崩れ落ちた。視界が涙でぼやけていた。

「ゴ、ゴメンなさい！　大丈夫っ？　やだ、どうしよう！」

「……平気、だ」

オロオロと狼狽《うろた》えている瑠璃《るり》に、悶絶《もんぜつ》しつつ辛《かろ》うじて呻《うめ》きを返す。

いつもの彼女に対してなら、遠慮なく突っ込めただろう。「お玉がお玉に当たったぞ！」と。そうしたら「それはオッタマげたね」と返してきたかもしれない。が、今の瑠璃では突っ込んでも怖がらせてしまうだけだ。

「そうだ、湿布があるよ！」

「湿布は駄目だ……」

「消毒はっ？」

「バイ菌は関係ない……」

数分後、何とか地獄の苦しみから生還した孝巳《たかみ》は、シュンと萎《しお》れる瑠璃を諭して装備を外させた。お玉の金具を補強することを強く勧め、好機とばかりに帰る旨を告げる。

「じゃあ俺、そろそろ行くよ」

「………」

「いいか、一人のときは宅配便でもドアを開けちゃ駄目だぞ。欲しい物があったら、また夜にでも俺たちの誰かが」

「ね、ねえ紺野《こんの》くん」

言葉を遮り、瑠璃が躊躇《ためら》いがちに見上げてくる。何だか酷《ひど》くモジモジしていた。

「もう帰っちゃうの？」

「ああ」

「まだお昼だよ？」

「そうだな」

「私、ずっと家で一人」

「まあな」

すげない返事に終始する孝巳に痺《しび》れを切らしたのか、瑠璃はとうとう子供のように地団太を踏んでグズり出した。

「退屈で死にそうだよぉ。どっか遊びに行こ？　紺野くんが一緒なら平気でしょ？」

「お前な……」

「暗くなる前に帰るから。悪い人が来たら、ちゃんと大声出して逃げるから。ね？」

どうもかなりフラストレーションが溜《た》まっているらしい。桃太郎コントぐらいでは、息抜きにはならなかったようだ。

確かに、こんな軟禁状態が何日も続けば無理もないだろう。しきりに引き留めてきたのは、そういうことだったのか。

（あまり精神的な負担をかけると、霊瘧《れいぎゃく》の治りも遅れるかもしれないしな……）

祈るように両手を組み、上目遣いで哀願《あいがん》してくるカッパ少女に降参し、孝巳《たかみ》はポケットから携帯電話を取り出した。とりあえず翠《すい》の判断を仰ぐつもりだった。

幸い、数回のコールで翠は出てくれた。ちょうど巡回を一段落させて、屋敷に戻ってきたところらしい。

『……仕方ないわね』

却下されるかと思ったが、事の次第を説明すると、彼女は意外にもあっさりと承諾《しょうだく》してくれた。

『くれぐれも美濃部《みのべ》に気をつけて。行くのはなるべく人の多い場所よ。それから、夕飯までには帰ること』

「分かった。お前も来るか？」

『……やめておくわ。これから庭の蔵で、過去の霊瘧《れいぎゃく》の症例について調べようと思っているの。柘榴《ざくろ》には引き続き捜索をしてもらっているわ。貴方《あなた》たちのことは、私から連絡しておくから』

「ああ、頼む」

通話を切って瑠璃《るり》に伝えると、彼女は歓声を上げてバンザイした。お玉をバトン代わりに振り回し始めたので、即座に奪い取る。

「えへへ、デートだねっ」

……デート。確かにそうだ。

考えてみたら、この霊瘧バージョンの瑠璃と二人きりで大丈夫なのだろうか。間が持つのだろうか。今の彼女は、普通の女の子だ。趣味趣向だって以前とは違うのだ。

今さらながらにそんな不安を覚えたが、すでに瑠璃はいそいそと身支度《みじたく》に取りかかってしまっていた。

3

成り行きで瑠璃と外出することになった孝巳は、とりあえず電車に乗って繁華街へと繰り出すことにした。

自宅最寄り駅から五駅離れたそこは、デパートやモールや遊興施設が密集する地域一の歓楽地だ。ここらで最も人が集まる賑《にぎ》やかな場所なので、たとえ美濃部がこちらを発見したとしても下手《へた》に動けないはず……という判断だった。

(とはいえ、カラオケみたいな個室は避けるべきだな。映画館とか暗い場所も駄目だ。じゃあ……どこに行けばいいんだ?)

もともと孝巳はデートどころか、遊ぶこと自体に慣れていない。野球部だった中学時代はそんな時間などなかったし、高校生になってからは『お笑い研究会』の面々とファミレスやカラオケに行くくらいが関の山だ。去年の夏、翠《すい》と二人で色んな所を巡ったこともあったが、あれはデートと言うより接待に近かった。

（喫茶店で話すだけじゃ地元にいるのと同じだし、遊園地だとまた電車に乗らなきゃいけない。かといってずっとゲーセンってのもな……女って、どこに連れてけば喜ぶんだ？）

さっぱり分からない。プランが全く定まらない。こんな調子では、いつか彼女が出来ても「何てつまらない男なの」と早々に見切りをつけられてしまうだろう。

「紺野《こんの》くん、お店を見て回ろうよ」

結局ろくに行き先も決まらず繁華街へとやってきたが、幸運にも瑠璃《るり》の方からそんなリクエストをしてくれた。

「やっぱりデートの醍醐味《だいごみ》はショッピングだと思うの。ダラダラお喋《しやべ》りしながら、チマチマ無駄遣いしていくのが楽しいんだよ」

「そういうもんなのか」

「そうだよ。だから行き先はモール！」

トークを重視するところは、以前の瑠璃と変わっていないようだ。

ともあれ、モールをブラブラするだけでいいなら助かる。周りに人が大勢いるし、さして懐も痛まない。一ヵ所に留《とど》まっているより安全性も高いだろう。

デートの醍醐味はショッピング。一つ勉強になった。

そんなこんなで巨大ショッピングモールへやってくると、袖を引っ張られるまま手始めにペットショップへと入った。

ケージの中にいる多種多様な犬猫を見て、瑠璃がとろけた表情で「可愛《かわい》い」を連発している。挙げ句の果てに赤ちゃん言葉でチワワへ語りかけ出した彼女に、孝巳《たかみ》は絶句した。

「お～よちよち、お元気でちゅかあ？」

「…………」

「あんよが短いでちゅね～」

「…………」

「瑠璃お姉ちゃんでちゅよ～。あはは、尻尾《しっぽ》ピコピコ振ってるぅ」

――これがあの有働《うどう》瑠璃なのか。多数の怨霊《おんりょう》を引き連れ、巨大骸骨《がいこつ》を使役《しえき》し、時には自ら格闘までやってのける『凶姫《まがつひめ》』の姿なのか。

あれほどふてぶてしく小憎たらしかった少女を、こうまでピュアに変えてしまうとは……霊瘧《れいぎゃく》とは本当に恐ろしい病気だ。

「はあ～。この子、飼いたいなあ」

（お前はもう、幽鬼《ゆうき》を六体も飼ってるぞ）

空気を読んで、言葉は心の中だけに留めておく。デートにツッコミは必要ない。

「でも、懐いてくれなかったら悲しいし……」

（懐くどころか、落武者に祟《たた》られてるぞ）

「ひゃ！　じゅ、十万円っ？　グアム行けちゃう！」

（比べるなよ）

名残惜《なごり》しげにチワワに手を振ると、次いで瑠璃《るり》が爬虫類《はちゅうるい》コーナーへと向かう。

「あ、蛇！　怖いなあ……こんなの道で見たら気絶しちゃうよ」

（大蛇《だいじゃ》とタイマン張ってたけど）

「あ、亀！　いいよね亀！　長生きするし、一番古い爬虫《はちゅう》類だし、歯がないからお爺《じい》ちゃんみたいだし、甲羅って盾に使われてたくらい固いんだよ。潜頸類《せんけいるい》が一般的だけど、曲頸《きょくけい》類《るい》も可愛《かわい》いよ！」

（亀データ多いな）

「えっと、河童《かっぱ》はいないのかな？」

「いてたまるか。ていうか頭についてるだろ」

いい加減に疲れてきたので、普通にコミュニケーションを取ることにする。

考えてみれば、無理に突っ込もうと意識する必要はないのだ。今の瑠璃は別にボケているわけじゃなく、単に雑談がしたいだけなのだから。

「そういやお前って、ほとんど毎日そのへアピンだよな。河童が好きなのか？」

何となく尋ねてみると、瑠璃は照れたように頭のヘアピンに触れてみせた。

「これね、パパからのプレゼントなの」

「親父《おやじ》さんの？」

「うん。だからなるべく、これをつけるようにしてるの」

「そっか……」

子供っぽいヘアピンだと思っていたが、形見のような物だったのか。

彼女の父・有働壮馬《うどうそうま》は、娘を庇《かば》って命を落とした。その辛い過去は決して彼女から消えることはない。知らなかったとはいえ、あまり不用意に言及するべきではなかったか。

「やだな紺野《こんの》くん、そんな深刻な顔しないでよ」

「あ、ああ」

「パパのことを話すときはね、なるべく笑顔でいることにしてるの。その方がパパも嬉《うれ》しいだろうから」

それはもしかしたら、眠っている本来の瑠璃の方針でもあるのだろうか。

これからも、笑顔を忘れずに――夏休みのあの日、有働壮馬が最後に囁《ささや》いたような気がしたあの声を、瑠璃もまた聞いていたのかもしれない。

「さ、行こ紺野くんっ」

孝巳《たかみ》の胸中など知る由《よし》もなく、瑠璃が店の出口へとUターンする。

足取りも軽く進む彼女の頭で、カッパへアピンが元気に揺れていた。

次に訪れたのは二階にある書店だった。

フロアの半分以上の面積を占めており、ここへ来れば大抵の本は手に入るので、地域民から重宝されている。週末の夕方前ということもあり、結構なお客でごった返していた。

「紺野《こんの》くんは漫画とか読むの？」

「いや、あんまりだ」

「ダメだなあ。漫画は日本の文化だよ？　私も昔、描いたことあるの」

「それはもしや、『負けるなリュウ！』か？」

「あれ、よく知ってるね。見返してみたら、リュウって三コマしか出てなかったけど」

コミックコーナーへとトコトコ先行していく瑠璃《るり》に、懸命に追随《ついずい》する。この人波の中、はぐれるわけにはいかない。

「私ね、漫画は『ブラックス・ジャックス』が一番好きなの」

「ああ、それなら知ってるよ。かなり昔の、医者の漫画だよな」

「主人公カッコいいよねっ。大好きなんだブラジャ！」

「略すな」

「貸してあげよっか？　ブラジャ」

「略すなって！」

すれ違った女性が、チラリと孝巳《たかみ》を一瞥《いちべつ》してきた。会話が聞こえていたらしく、その視線は怪しげに孝巳の胸辺りへ向けられていた。

「それとも、ここで買う？　やっぱり自分用のブラジャ持っとく？」

「有働《うどう》、やめ……」

「じっくり堪能《たんのう》すれば、興奮すること間違いなしだよ！」

周りにいる人たちが、次々に眉をひそめて孝巳に注目する。ヒソヒソと内緒話をしている者もいる。しかし瑠璃は一向に気にしない。

「今は大きなサイズの豪華なブラジャがあるから、それにしなよっ」

「わ、分かった、買う！　ブラックス・ジャックスを買う！　ブラックス・ジャックスっていう医者の漫画を！　え〜と、どこかなブラックス・ジャックスは」

周囲からの白い目に耐えかね、孝巳は弁解するようにタイトルを連呼してみせた。

……残念ながら、瑠璃のこれは天然だ。が、おそらく普段の彼女だったとしても、同じ展開になっていた気がする。その場合は作為的に孝巳をハメているのだろうけど。

「えへへ、これでブラ仲間だね！」

「やめるんだ有働」

それから漫画の話題が終わるまで、孝巳は袋から出した豪華版ブラックス・ジャックスの一巻を、これでもかと見せびらかして歩く羽目になった。

さらにいくつかの店を経由して、三階の小物ショップへとやってきた。

ここもなかなか盛況で、店内には歩行が困難なほど人がひしめいている。が、小柄な瑠《る》璃《り》はそれを苦にせず、チョコマカと合間を縫《ぬ》って進んでいく。

見失ったら厄介なことになる。さりとて、彼女の体のどこを掴《つか》んでおけばいいのか判断に迷う。やむを得ず頭を鷲《わし》掴みにしたところ、かなり不機嫌に睨《にら》み返《かえ》されてしまった。

「もう紺野《こんの》くん。私、ボールじゃないよ」

「いや、でも……」

「手を繋《つな》げばいいでしょ？　髪の毛グシャグシャになっちゃう」

言いつつ、瑠璃が手を握ってくる。

白く小さな掌《てのひら》が、握手のように孝巳《たかみ》と繋がった。そのスベスベとした柔らかい感触は、自身のゴツゴツした手と同じパーツだとは思えなかった。

「わっ、紺野くんって手が大きいんだね」

「ピッチャーは大きい方がいいんだ」

「野球やってたんだよね。……そういえばさ、野球ってどうして監督までユニフォーム着てるの？」

やぶからぼうに問われ、はたと彼女を見返す。

「他のスポーツの監督は、ユニフォームなんて着ないよ？」

「確かに……何でだ？」

まさか野球に関して答えられない質問があるとは思わなかった。何だか悔しい。

「そ、そうだ。野球は監督やコーチがグラウンドに入ることもあるから、ユニフォーム着用が義務なんだ」

「じゃあさ、指名打者がいてもチームを『ナイン』って言うのは何で？　十人だよ？」

「それは、えっと……」

「ストライクは分かるけど、ボールって何？　投げてるのは同じボールだよ？」

「むぐ……」

「ゴロって何？　ゴロゴロ転がるから？」

「ぐぐ……」

「あ、このおはじき綺麗《きれい》～」

必死に返答をひねり出そうとする孝巳《たかみ》を捨て置き、瑠璃《るり》が傍《かたわ》らの棚にかじりついた。

陳列された色とりどりのおはじきやビー玉を、楽しそうに物色している。……野球の話には大して興味がなかったようだ。何だか凄《すご》く悔しい。

「せっかくだから買おうっと。え～と、これとこれと……」

「おはじきなんて買ってどうするんだよ」

「いいのっ。部室に飾るのっ」

おはじきを十個ほど手に取り、瑠璃がレジへと向かう。会計を済ませて店を出ると、彼女はその小さな紙包みを無理やり孝巳へ押しつけてきた。

「はい持って！」

「な、何でだよ。大した荷物じゃないだろ」

「だってデートだもん。買った物を男の子に持ってもらうの、ずっと夢だったんだ」

これもあくまで、霊瘧《れいぎゃく》仕様の瑠璃の夢だろうか。それとも、本来の瑠璃の夢でもあったのか。だとしたら意外だ。こいつにも人並みに乙女チックな感情があったことになる。

仕方なくおはじき入りの紙包みを受け取り、そのまま上着のポケットに突っ込む。

ついでに携帯で時刻を確認すると、もう五時過ぎだった。あと少しブラついたら帰ることにしよう。

4

ひとまず一階に戻り目的もなく歩いていると、前方に人だかりが見えてきた。

そこはモールを貫く大通りの中心部で、いつも様々な催《もよお》しが行われている広場だった。

付近の壁に貼られているポスターによると、どうやら売り出し中のお笑いコンビが来ているらしい。

「芸人が来てるみたいだぞ。ちょっと観《み》ていくか？」

瑠璃《るり》とお笑い。そんな単純な符号で何気なく切り出した提案に、しかし彼女はあっさりと首を左右に振った。

「ううん。どうせ人垣で見えないし……」

「抱っこしてやるぞ」

「そ、そんなの絶対ダメ！　私たちまだ、そんなんじゃないもん！」

顔を真っ赤にし、目を白黒させ、瑠璃がバシリと背中をはたいてきた。抱っこならもう何度かしているのに。

「お笑いはいいから、ドラッグストアに行こうよ。ちょうどこの先だし」

「……ああ」

いつもなら「紺野《こんの》くん、これは我々への挑戦だ。受けて立ってやろう」と乱入していてもおかしくない状況で、カッパ少女はイベントに目もくれず広場を通り過ぎていく。その姿に、いつか胸に刺さった小さな棘《とげ》が再びチクリと疼《うず》くのを感じた。

瑠璃にとって「お笑い」とは、ヘアピンに劣らぬ父との繋《つな》がりのはず。なのに彼女は、笑いを無視する。あれだけお笑いマニアだった少女が、「私にはハードルが高い」「観てるだけで充分」だなんて言う。

（やっぱり違うよな。今の有働《うどう》は）

切に痛感する。横にいる少女は、有働瑠璃であって有働瑠璃じゃない、と。

普通の女の子になった彼女は、確かに魅力的な可愛《かわい》い子だ。こんな瑠璃もいいかもしれないと一度は思ったこともあった。でも……今の彼女にとって紺野孝巳《たかみ》は相方ではない。単なる友達だ。

彼女がボケないのならば、隣にいるのは孝巳でなくてもいい。刺さった棘の正体は、きっとそれだ。ツッコミとして必要とされない寂寥《せきりよう》感、虚無感、喪失感だ。

そんな傷心に浸っていると、不意に瑠璃が「あ、そうだ」と手を小さく叩《たた》いた。

「ねえ紺野くん、昨日のノートなんだけど」

「ノート？　ネタ帳のことか？」

「うん。あのね、読んでたら気になることがメモしてあったの」

「気になること……？」

ドラッグストアを目前にして、思わず歩調を落とす。もしやあのノートには、お笑い以外のことも記されていたのか？

「それは、霊に関することか？」

声をひそめて訊《き》いてみると、瑠璃が「ん～」と人差し指を顎に当てた。

「多分、ネタに関することだと思うんだけど……紺野《こんの》くんのことなの」

「お、俺の?」

「紺野くんが私のこと、『貰《もら》っちゃう』と言ったって」

「え――」

それはまさか、三塚昂大《みつづかこうだい》との戦いでの一言か? 「グダグダ言ってやがると、有働《うどう》は俺が貰っちまうぞ!」……昨秋の文化祭で、孝巳《たかみ》は挑発を込めて昂大にそう言い放った。そのあと特に何も追及されなかったので、てっきり忘れてくれたのだと思っていたが。

「よく分からないけど、『彼はやっぱりロリロリ天国の天使なのかも』って書いてたよ」

「!」

トラウマに近いタイトルを口にされ、孝巳はものの見事に取り乱した。あいつ、何をメモってやがるんだ! こんな人相の悪い天使がいるか!

「ち、違う! あれはただ、昂大の気を引くために……」

「それから、『誕生日に新型携帯を買ってもらう』って」

「!」

それにも心当たりがある。昨年末、瑠璃《るり》の裸を見てしまったときに要求されたものだ。ことごとく記録されていたことに、顔から血の気が引いた。

「他にはっ? 他には何が書いてあった!?」

「紺野くんのことはそれくらいだよ。あとは確か……」

「何だ！」

「そうそう、『翠《すい》ちゃん感度A、小母さん感度B、柘榴《ざくろ》ちゃん感度E、牙穿《がせん》たんは不明』って書いてた。何のことだろ？」

「オッパイのことだ！」

何故《なぜ》それをネタ帳に書き留める？　どうやって活《い》かすつもりだった？　ネタはどこに転がっているか分からない……その精神なのか？

「こ、紺野くん、大声でオッパイとか言わないでっ」

「く……」

わたわたとたしなめられ、なす術《すべ》もなく引き下がる。

孝巳を突っ込ませているのは、眼前の瑠璃ではない。本来の瑠璃の仕業だ。まさかこんな時間差攻撃を仕掛けてくるとは……凄《すさ》まじい笑いへの執念だ。

「もう。女の子に下ネタはダメだよ？　好感度下がっちゃうよ？」

「ウチの研究会には一人、エキスパートがいるけど」

「柘榴ちゃんのこと？　うん、柘榴ちゃんは色々と凄《すご》いよね……パジャマパーティーしたとき、唖然《あぜん》としちゃった」

「色々と、凄い？」

「三塚《みつづか》家の女性って、旦那様にとことん献身的に尽くさなきゃいけないんだって。そのための秘伝の技まで存在するらしいよ」

「秘伝の技……」

どうやら三塚家もかなり昔気質《むかしかたぎ》な家のようだ。技というのは、やはりアレだろうか。夜のアレだろうか。

「技は四十八くらいあって、どれも体得がかなり大変みたい」

「ほ、ほう」

「柘榴《ざくろ》ちゃんも、まだ半分も覚え切れてないって」

「な、なるほど」

「中でも難しいのは、『飛龍轟雷殺《ひりゅうごうらいさつ》』だって」

「名前がおかしいぞ！　何で『殺』とか入ってんだよ！」

「翠《すい》ちゃんも一つ技を教わるみたい」

「秘伝を流出させるな！」

「確か『トリプル・マウンド・エターナル・ハード』とか言ってた。凄《すご》そうだよね」

「三塚永堅《えいけん》じゃねえか！　親父《おやじ》さんの名前だ！」

気付けば全力でツッコミを連発していた。

段々と孝巳《たかみ》の反応にも慣れてきたのか、瑠璃《るり》が口許《くちもと》を押さえてクスクス笑う。が、やっぱりそれは孝巳の知る笑い方じゃない。本当の瑠璃ならシシシと笑うはずだ。

——と、その時だった。

こちらに向けられた強い視線を感じ、孝巳はハッと顔を上げた。

(何だ?)

緩みかけていた緊張を引き締め、注意深く周囲を見回す。行き交う人々や連なる店々をくまなく観察したが、怪しい人物は見当たらなかった。

気のせいだったのだろうか。いや、確かに誰かがこちらを見ていた。稚拙《ちせつ》ながらも日常的に霊力を練る習慣を身につけたお陰で、はっきりとそれを感じ取ることができた。

(見られてたのは俺か?　それとも……)

もし瑠璃だったなら、視線の主はきっと与霊師《よれいし》・美濃部春喜《みのべはるき》だ。奴《やつ》に発見されたか。嫌な予感がする。この感覚を信じて、今日はもう帰るべきじゃないのか。何だかんだでもう夕方、地元に着く頃《ころ》には日も落ちている。

せっかくニアミスしたかもしれない美濃部を放置して帰るのは無念だが、現状は瑠璃の警護が最優先だ。瑠璃さえ復活すれば、こちらの不安材料はなくなる。むしろ彼女を餌にして、奴を釣り出すことだって可能かもしれない。

今は過剰なくらい慎重であるべきだ。反撃態勢が整うまでの辛抱《しんぼう》だ。

「なあ有働《うどう》、そろそろ帰らないか?」

早速そう告げると、瑠璃《るり》が「えー」と眉を八の字にした。

「暗くなる前に帰るって言ったろ？　外、もう結構暗いぞ」

「でもぉ」

「鴫原《しぎはら》や三塚《みつづか》がいるときに、またゆっくり付き合うからさ。な？」

瑠璃が膨れっ面のまま、「それじゃデートじゃなくなっちゃう」と足下の見えない小石を蹴る。公園でむくれる子供みたいだった。

「なら、美濃部《みのべ》のことが片付いてから、また二人で遊びに来ようぜ。今のお前は……狙われてて危ないんだ」

真摯に頭を下げて頼み込むと、ようやく瑠璃は不承不承《ふしようぶしよう》ながらも頷《うなず》いてくれた。

帰る前にトイレへ行きたいと言うので、了解して道を引き返す。トイレなら出口付近にあったはずだ。

「あ〜あ……悪い人、早くいなくならないかなあ」

「そうだな。俺たちも頑張るから、もうちょっとだけ我慢してくれ」

腫れ物に触るように、ひたすら下手に出る。ここまで躍起《やっき》にこいつの機嫌を取る日が来るとは思わなかった。

しばらく消沈していた瑠璃だが、一分もするとすぐに立ち直って笑顔を向けてきた。このさっぱりとした気性は有り難い。

「あ、そうだ紺野《こんの》くん。来週ってバレンタインデーだよね」

「ああ、そうだな」

「チョコ貰《もら》う予定ある？」

「……訊《き》くな」

「あはは。大丈夫だよ、私たちがあげるから」

「まあ、期待しないで待ってるよ」

　義理チョコでもゼロよりはましだろう。野球部で活躍していた頃《ころ》は持ち切れないほどチョコを貰ったものだが、顧問から菓子を食べることを禁止されていたので、全《すべ》て親の胃袋に収まってしまった。

（バレンタイン、か）

　来週、チョコをくれる瑠璃は、果たしてどちらの彼女なのだろうか。

　もし普段の瑠璃に戻っていたなら、チョコなどくれないかもしれない。でも、そちらの方がよほど喜ばしい。それはチョコよりも遥《はる》かに嬉《うれ》しいプレゼントだ。

　活《い》き活きとボケ倒す有働《うどう》瑠璃が——孝巳《たかみ》には無性に恋しかった。

5

瑠璃《るり》を待つ間、孝巳《たかみ》はトイレの入口脇の壁にもたれてモール内の雑踏《ざっとう》を眺めていた。

あれきり視線は感じない。思い過ごしだったのかもしれないが、相手が警戒を強めた可能性もある。いずれにせよ、気を緩めるべきじゃないだろう。

往来に目を凝らし、聞こえてくる話し声にできるだけ耳を傾ける。……三分ほどそんなことを続けていると、ふと右手から二人の男が近付いてきた。

スキンヘッドとロン毛という取り合わせの、見るからにガラの悪い二人組だった。どちらもそれなりに体格が良く、周りを威嚇《いかく》するように肩をいからせて歩いている。ジャラジャラと金属音を立てる全身の装飾品が、嫌でも美濃部春喜《みのべはるき》を連想させた。

（関わったら面倒臭いことになるな）

幸い二人組は、こちらを意識することなく会話に集中している。だから孝巳は顔の傷を隠すように背け、極力目立たない感じでやり過ごすことにした。

距離が縮まるに連れて、次第に彼らの声が明瞭になってくる。

「チッ、やっぱ見付かんねーな。人を呪いたい奴《やつ》なんて、どうやって探しゃいいんだ？」

「リストラ食らったリーマンとかどうだ？　そういうオッサンなら、会社の誰かを恨んでねえか？」

「そんな野郎は金なんざ持ってねえだろ。あークソッ、誰かボコりてぇ……」

「一人くらい客を連れてかねぇと、俺らが美濃部さんにボコられちまうっての」

（美濃部？）

　聞こえた名前に意表を突かれ、顔を上げる。結果的に孝巳は、ちょうど目の前を通過しようとしていた彼らとまともに視線をぶつけることになってしまった。

「あ？　何だコラ」

　二人が足を止め、ギロリと睨《にら》んでくる。後悔したがもう遅かった。

　最悪だ。絡むきっかけを与えてしまった。顔の傷も確実に悪目立ちしている。

「お前、今ガン飛ばしたよな」

「一人か？　なかなか勇気あるじゃん。それともただのバカか？」

　たちまちスキンヘッドの腕が伸び、孝巳の胸ぐらをグイと掴《つか》んできた。喧嘩《けんか》までのプロセスが早過ぎる。ここまでタチの悪い輩《やから》とは思わなかった。

「俺ら機嫌悪《わり》ぃんだわ。ちっと憂《う》さ晴らしさせてくれや」

　スキンヘッドが歯を剥《む》いてニッと笑い、凶悪な人相を近付けてくる。髪の毛どころか眉毛まで剃られていた。

　……まずい展開になった。まさか美濃部に仲間がいたとは。そして、その仲間たちに因縁をつけられてしまうとは。

　今は瑠璃がいる。下手に事を荒立たせて、彼女を巻き込むわけにはいかない。かといってこのまま大人しく殴られて、病院送りなどにされている場合でもない。

（とりあえず、一旦逃げて撒《ま》くか？）

いや、駄目だ。瑠璃《るり》を一人にする……それは最大の悪手だ。

まさか自分がトラブルメーカーになるとは。孝巳《たかみ》は忸怩《じくじ》たる思いで唇を噛《か》んだ。

「おい、何とか言え。売ってきたのはテメェだろうが」

「そのツラの傷は飾りか？　あ？」

二人組が慣れた感じで、器用に退路を塞ぐ。

孝巳には、彼らを追い払える巧みな話術はない。すんなりと謝罪を受け入れてくれる相手にも見えない。だがこうして沈黙に徹していては、ますます彼らを激昂《げっこう》させてしまう。

瑠璃がいないうちに、ここから動かず、速やかに状況を打破せねばならない。そのための方策は——今の孝巳が思いつく限り一つしかなかった。

（イチかバチか、やるしかねぇ）

胸ぐらを締め上げられたまま、気取られないよう片手をそっとポケットに忍ばせる。そのままゴソゴソと目的の物《ブツ》を探り当て、掌《てのひら》で握る。

「コラ、何ダンマリ決め込んでんだ。それでやり過ごせると思ったら大間違いだぞ」

スキンヘッドに続いて、ロン毛までもが乱暴にこちらの頭髪を鷲掴《わしづか》みにしてきた。

それでも頑《かたく》なに反応せず、ひたすら時間を稼ぎ続ける。当然ながら、二人の顔にありありと怒色が浮かんだ。

「上等だテメェ」

スキンヘッドが指輪まみれの拳を振り上げると同時に、孝巳は一気にポケットから手を引き抜いた。ギリギリで間に合ってくれた。

「――は？」

直後、二人組が間抜けな裏声を上げる。彼らは口をポカンと開けたまま、孝巳が取り出した物体を凝然《ぎょうぜん》と刮目《かつもく》していた。

――それは拳銃だった。

鈍く黒光りする、小さく固い鉄の塊。およそ一般市民が所持しているはずもない、物騒な凶器。

その銃口をスキンヘッドの心臓辺りに押し当ててやると、彼はビクリと身をすくませて孝巳の胸ぐらから手を放した。効果は絶大だった。

「な、なっ……！」

蒼白《そうはく》になって怖《お》じけている二人に向けて、ことさらドスを利かせて威圧的に呟《つぶや》く。

「お前ら、どこのモンだ。俺が誰だか知ってて絡んでんのか」

「ま、まさか、本物……？」

生唾《なまつば》を飲んだスキンヘッドに、周りから見えないようさらに銃口をグイと密着させる。

「それは俺のことか？　それとも、このハジキのことか？」

「よ、よせ……！」

喘《あえ》ぎながら首を振って懇願《こんがん》した彼をもう一度睨《にら》みつけ、拳銃をポケットにしまう。しかし二人が再び気勢を取り戻すことはなかった。

震え上がる二人の顔面には、「マズい相手に喧嘩《けんか》を売ってしまった」という後悔が克明に滲《にじ》み出ていた。ヤクザの息子《むすこ》だとでも思ってくれたのなら上々だ。

「お前らさっき、美濃部《みのべ》とか言ったな」

「え……」

「そいつがお前らのケツ持ちか？」

「あ……いや……」

「どこにいる？　そいつの居場所を言えば、この場は収めて――」

孝巳《たかみ》が言い終わるより早く、いきなり二人組が示し合わせたように身を翻した。通行人を押しのけ、我先にとモールの出口へ激走する。

「バカ！　同じ方向に逃げんな！」

「知るか！　いいからジグザグに走れ！　狙い撃ちされっぞ！」

そんなことを口々に喚《わめ》いて一目散に走り去る彼らを見送ると、孝巳は深く息を吐き、流れてもいない額の汗を拭った。

……成否に多大な不安はあったが、どうにか切り抜けた。あんな拙い演技が通用したのは、一転して顔の傷が功を奏したからだろうか。

（それにしても、美濃部に仲間がいたなんて。さっき感じた視線は、もしかしてあいつらだったのか？）

いや、視線の正体があの二人なら、瑠璃《るり》がトイレに入ったのも知っていたはずだ。彼らは孝巳に対し「一人か？」と訊《き》いてきたし、目が合わなければそのまま立ち去っていたように思う。おそらくは美濃部から客探しを命じられただけの下っ端なのだろう。

美濃部の居場所は分からなかったが、ともあれ二人組の顔は覚えた。仲間がいると判明しただけでも収穫だと考えるべきだ。

その情報を早々に翠《すい》へと報告すべく、携帯を手にした瞬間。

「銃刀法違反」

いきなり横合いからそんな声が飛んできて、孝巳はギクリと背筋を伸ばした。

安堵《あんど》から一転、今度こそこめかみに本物の汗が伝う。拳銃は二人組にしか見えないよう注意したつもりだったが、まさか目撃者がいたとは……！

恐る恐る声の主に目を向けると——そこに立っていたのは、まさに電話をかけようとした相手だった。

相変わらず生真面目《きまじめ》にも制服姿の鴫原《しぎはら》翠は、二人組が逃げた方向を一度だけ見やったのち、軽く肩をすくめてみせた。

「助け船を出しそびれちゃったわ」

「鴫原《しぎはら》か、驚かすなよ……」

脱力してヨロめいた孝巳《たかみ》に構わず、翠《すい》が腕組みをして正面に立ち塞がってくる。ズイと突き出してきた美しい細面は、この上ない懐疑に満ちていた。

「で、どうして拳銃なんて持ってるの。まさか霊導師《れいどうし》じゃなくて若頭になるつもり？」

「拳銃なんて持ってないよ。今のはこれだ」

言いつつ、ポケットからその正体を取り出してみせる。

開いた掌《てのひら》に乗せているのは、瑠璃《るり》が先ほど買った「おはじき」だった。ポケットの中で袋を開け、一つだけ拝借したものだ。

翠が眉間《みけん》に皺《しわ》を寄せて、その小さく平たいガラス粒をまじまじと観察する。勘のいい彼女はすぐに理解したようで、孝巳に呆《あき》れた眼差《まなざ》しを向けてきた。

「……【言替《ことかえ》の儀《ぎ》】だったの？」

「ああ。おはじきをハジキに替えた。五秒ほどで隠す必要があったがな」

それが現時点での、孝巳の限界だった。

我流ながらも修行を続けてきた賜物《たまもの》だろう。とはいえ、失敗の可能性も高い苦肉の策だった。この局面で言替が成功したのは、ほぼ運と言っていい。

「全く……そんな霊能の使い方、聞いたこともないわ」

やれやれと嘆息《たんそく》し、翠が組んだ両手をほどいて今度は腰に当てる。年末に骨折した左腕は、今ではギプスも取れてすっかり元通りになっていた。

「その場その場でいかに機転を利かすかが、言霊《ことだま》使いの真髄《しんずい》なんだよ。お前の爺《じい》さんからの受け売りだけどな」

かつて鳴原兵衛《ひょうえ》から受けた講釈《こうしゃく》を言ってやると、孫娘は「お爺様、貴方《あなた》のこと結構気に入ってるみたいよ」と苦笑いを返してきた。

「有働《うどう》は今、トイレだよ」

「知ってるわ」

すんなりと頷《うなず》いた彼女に、今さらながらの疑問を抱く。

「ところで、お前は何でモールにいるんだ？　家で霊瘧《れいぎゃく》を調べてたんじゃ？」

ここは孝巳たちの最寄り駅から五つも離れた繁華街だ。行き先は伝えてあったが、何か分かったのならメールか電話の方が早いと思う。

すると、にわかに翠が「それは……」と言い淀《よど》み、明確な動揺を見せた。純粋な質問だったのだが、彼女は不自然なまでに視線を泳がせ、ニワトリのように首を様々な角度に傾け始めた。

そのやたら挙動不審な態度に、孝巳はすぐにピンときてしまった。もしかしたらこいつは……孝巳と瑠璃が気になって、こっそり様子を見にきたのでは？

「お前、尾行してたのか」

ズバリと指摘してやると、栗毛《くりげ》の少女が分かりやすくビクンと反応した。明後日の方角を向いたまま、孝巳《たかみ》と同じように出てもいない額の汗を拭っている。

「な、何をトンチキなことを言っているの。たまたまここに来る用事ができただけよ。大至急、マトリョーシカが必要になったから……」

「どんな状況だよ」

「ロシア人のお客様が来ているのよっ。だからお土産《みやげ》を……」

「ロシア人にマトリョーシカをやるな」

「そ、そうそう！　本屋さんに霊瘧《れいぎゃく》を調べに来たの！　どうやら今週の『霊導師《れいどうし》ウォーカー』に、冬の霊瘧特集が」

「もっといい嘘《うそ》はないのか！」

お粗末な言い訳を重ねるモデル体型の霊導師に、堪《たま》りかねてツッコミを入れる。

紺野《こんの》孝巳は今や、この鴫原翠《しぎはらすい》の相方でもある。瑠璃《るり》はあんな状態だが、考えてみればこちらの『ボケその2』は健在だった。

なおも容疑を否認して、翠が拳《こぶし》を振り回しながら抗弁してくる。

「べ、べ、別に尾行をしてたわけじゃないわ！　それは濡《ぬ》れ衣《ぎぬ》よ！　ビッショビショの濡れ衣よ！」

「ムキになると余計に怪しいぞ」

「悪意のある推測はよしなさい！　それじゃあ何っ？　私がヤキモチを焼いたとでも言うのっ？　貴方《あなた》と瑠璃が気になって、居ても立ってもいられなくなって、十五分そこらで蔵を出たと言うのっ？　あり得ない話よ！」

「ほぼ自白じゃねえか！」

そういえば彼女には以前から、盗み聞きや覗《のぞ》き見《み》をする傾向があった。向いていないからやめた方がいいと思う。

「鳴原。一つ訊《き》くが、さっきドラッグストアの近くで俺たちを見てたか？」

「ええ。まさか気付くとは思わなかったわ。なかなかやるわね」

やっぱりこいつか。仲間の視線にピリピリしていたとは、何という茶番だ。

「お前な、遊びたいなら素直についてくればいいだろ？　誘ったじゃないか」

「だ、だから違うったら！　これは修行よ！　ちゃんと偵察技術も身につけないと、一人前の探偵には……」

「お前は霊導師だろ！」

彼女が今さら進路を変えたら、家族や月長《つきなが》は引っくり返るだろう。

やがて言い逃れが無理なことを悟ったのか、翠が犯人のようにガックリと項垂《うなだ》れた。拗《す》ねたように唇を尖《とが》らせ、ばつの悪そうにこちらをチロリと窺《うかが》ってくる。

「紺野《こんの》くんは……私がいてもよかったの？」

「え？」

「だって、せっかく瑠璃《るり》と二人きりで……」

「お前にいてもらった方が、正直助かるよ」

護衛は多いほどいい。敵が単独でないと分かった以上はなおさらだ。孝巳《たかみ》と瑠璃だけで出掛けるのは危険だと骨身に沁《し》みた。

「お前の方が、有働《うどう》のことはよく分かってるしな。行く場所に困ってたんだ」

「そ、そう。私がいた方がいいのね」

やにわに翠《すい》の顔がパッと明るくなる。気を取り直すように咳払《せきばら》いをして、うんうんと一人で合点している。

「そうよね。私の方が、紺野くんとは色々な所に行ってるんだから」

「いや、そうじゃなくて有働のことだよ」

「デートの経験値は瑠璃より上だもの。私だって男子との場数は踏んできたはず……そうよ、もう『鉄の女』だとか、『巨乳の持ち腐れ』だとか、『霊導界の女ムツゴロウ』だなんて言わせないわ」

「異名が多いな、お前……それより、さっきの奴《やつ》らを追わなくていいのか？」

無駄な気炎を上げている彼女に、話題を軌道修正させるように問う。あの二人組は美濃《みの》部《べ》の手下だ。奴に繋《つな》がる貴重な手掛かりだ。

「問題ないわ。貴方《あなた》に声をかける前に、連絡を入れておいたから。追跡は私の右腕がちゃんとしてくれるはずよ」

「え？　月長《つきなが》さんって、結局この件に関わることになったのか？」

「月長じゃないわ。柘榴《ざくろ》よ」

「いやでも、お前の右腕は……」

「今は柘榴よ。月長はあまりに口うるさいから、左くるぶしに降格したわ」

酷《ひど》い。俺の師匠（予定）に何てことを。

「それより紺野くん。瑠璃が戻る前に一つだけ報告させて。霊瘧《れいぎゃく》の件について、蔵で気になる記述を見付けたの」

「何だ？」

「大昔に一件だけ、治らなかった事例があったらしいの」

「……………」

「優れた霊導師《れいどうし》だったそうだけど、その人は一生人格が戻らないままだった……そう書いてあったわ。たった一件の特例中の特例だとは思うけど、気になるところよね」

霊瘧が治らなかった人がいた。その不吉な情報に、胸がザワザワと細波《さざなみ》に揺れる。それが優れた霊導師であることが、さらに不安を掻《か》き立《た》てる。

お別れだ、紺野《こんの》くん――あの嫌な夢が、再び胸に去来《きょらい》した。

……それから数分後、ようやく瑠璃《るり》がトイレから出てきた。混み合う入口をヨタヨタとすり抜け、こちらへやってくる。

「ゴメ～ン紺野くん、凄《すご》く並んじゃって……あれ、翠《すい》ちゃん？」

キョトンとしている瑠璃に、翠がにっこり微笑《ほほえ》む。

「瑠璃、私も一緒にいてあげるわ。だからもう少しだけお店を回りましょう」

「え、ホント？　やったあ」

瑠璃が無邪気に喜び、翠の腕にしがみつく。いつもなら考えられない光景だった。

「えへへ、翠ちゃん大好き！」

「いい子ね瑠璃。さあ行きましょう。マトリョーシカを買ってあげる」

「えっと、いらない」

仲睦《なかむつ》まじく歩き出したそんな二人を追って、再びモール内を引き返す。翠がいるなら、瑠璃の身も安全だろう。

……実は瑠璃には数日前から、禽踊《きんよう》による監視の目がついていると聞かされたのは、そのあとのことだった。

6

深夜、午前一時。

繁華街にあるクラブの片隅で、今日も美濃部春喜《みのべはるき》はカルアミルクを片手にテーブルへ寄りかかり、手下たちを待っていた。

先日の店は、店員を半殺しにしたお陰で行けなくなってしまった。とはいえ、店などどこも同じようなものだ。大音量の曲が轟《とどろ》く薄暗い店内では、やっぱり頭の悪そうな若者たちがテンション高く騒いでいる。週末であることも混雑の原因だろう。

「チッ、遅《おせ》ぇなあいつら……」

遠くの壁に見える時計を一睨《にら》みし、美濃部は舌を打った。

約束の時刻だというのに、未《いま》だ手下たちがやってこない。

実は珍しいことだった。時間にうるさい美濃部を恐れてか、あの二人は遅刻だけはかつて一度もしたことがないのだ。その唯一の長所まで失ってしまったら、あの無能どもに何が残るというのだろうか。

(客が一人も見付からなくて、ケツまくったか?)

彼らにはすでに何度もチャンスを与えている。今回も収穫ゼロとなれば自分たちがどうなるか……いかに馬鹿でも理解しているはずだ。

まして今夜の美濃部は、いつもより虫の居所が悪い。その不機嫌の理由は、新たな怨《おん》霊《りょう》のストックに失敗したことだった。四体目の霊を憑《つ》けるだけの力が、まだ自分にないことを思い知ったのだ。

（やっぱり今のままじゃ駄目だ。コツが必要なんだ。それを有働《うどう》から聞き出さねえと）

彼女が青鶴高校《あおづるこうこう》の生徒であることは掴《つか》んだ。住んでいるマンションも確認した。だが腹立たしいことに、有働瑠璃《るり》の傍《そば》にはいつも誰かがピッタリと付き従っている。

あの紺野《こんの》なる男はともかく、月長《つきなが》と呼ばれていたノッポはなかなかに厄介だ。きっと奴《やつ》は自分より数段強い……暴力を身上に生きてきた美濃部《みのべ》には、それが嗅覚で分かった。

（とはいえ、月長ってオッサンはあれ以来一度も見かけてねえ。だからまずは紺野だ。雑《ざ》魚《こ》から一人ずつ消していけば、有働を拉致れるチャンスは来る）

博打《ばくち》はしたくない。じっくり隙を窺《うかが》って、確実かつ安全に不意を突くべきだ。現在のストックが尽きるまでに、その機会はきっと訪れる。

そんな思索を巡らせていると、いつしか曲が終わっていた。

束《つか》の間《ま》のインターバルに、蔓延《まんえん》した熱気が僅かにクールダウンする。鼓膜《こまく》に残響《ざんきょう》を感じつつ、やれやれとグラスを口に運んだとき。

「――ここ、よろしいですか」

美濃部のテーブルに誰かがやってきた。

鬱陶《うっとう》しさから思わず睨《にら》みかけた美濃部は、そこに立っていた少女に不覚にも鼻白んでしまった。

……一言で述べると、目も眩《くら》むような美少女だった。

大人びた雰囲気を醸しているが、おそらく未成年だろう。スラリとした細身の割に、胸の膨らみがやけに目立つ。軽くウェーブした髪をツインテールに結っており、アクセサリーらしき物は頭の髪留めだけだった。

（逆ナンか？　こりゃ店を変えてラッキーだったな）

程なくして、再び音の洪水が店内を呑《の》み込《こ》む。少女は美濃部の返事を待つことなく近付いてくると、そのまま肩が触れんばかりに身を寄せてきた。

左目尻の小さな泣《な》き黒子《ぼくろ》が、色っぽさをさらに引き立てている。シックな服装と気品ある佇《たたず》まいも相まって、とてもこんな時間にこんな場所に来る人間には見えなかった。

「あんた、モテるだろ」

とりあえず率直《そっちょく》な感想を投げてみると、少女がはにかむように口許《くちもと》に手を添えた。その右手には、何故《なぜ》かオープンフィンガーの真っ赤な革手袋が填《は》められていた。

「一人かい？　よくここに来るのか？」

「いえ、初めて来ました。ちょっと音楽が大き過ぎますね」

困ったように苦笑する少女に笑い返し、美濃部はその細い肩を無遠慮に抱き寄せた。

「だからこうやって、くっついて話すのさ」

多少がっつき過ぎかとも思ったが、抵抗はなかった。こうなると話は早い。わざわざ声をかけてきたということは、向こうもその気があるのだろう。

「な？　聞こえるだろ？」

「そうですね。これなら何とか会話ができそうです」

間近で見ると、ますます美人だ。胸の弾力が脇に当たり、さっきまでの不機嫌が吹き飛ぶ。鼻孔をくすぐる桃に似た甘い香りが、すこぶる扇情的だった。

こうなっては、逆に手下たちが来ないのはラッキーだ。今さらやってきて水を差そうものなら、タコ殴りにして山に埋めてやろう。

美濃部《みのべ》の熱い視線をよそに、長い睫毛《まつげ》を湛《たた》えた少女の瞳がテーブルのグラスを捉える。

「このドリンクは何ですか？」

「ただのカルアミルクだよ」

興味深げに「美味《おい》しそうですね」と言った少女に、美濃部は有頂天になった。向こうから酔ってくれるとは、つくづく話が早い。

「何なら飲んでみるかい？　あ、でもあんた未成年じゃねえの？」

「ええ。でも、少しくらいなら……」

「ははは、悪い子だ。夜遊びの上に酒まで飲もうなんて」

「それは貴方《あなた》も同じではありませんか？　美濃部春喜《はるき》さん」

——その一言に、美濃部《みのべ》の笑顔が固まった。

即座に少女から手を放し、一歩下がって距離を取る。先ほどまでの高揚は、警戒によって瞬時に冷却されていた。

「……何モンだ？」

美濃部の名前を知る人間は、この町では限られている。噂《うわさ》を聞きつけた客の可能性もあるが、顔まで知られているのはおかしい。そもそも、自分がここにいることを知っているのは、手下の二人だけのはずだ。

「残念ながら、仲間のお二人はここへは来られません」

「何だと……」

「きつくお灸《きゆう》を据えさせて頂きましたので、今頃は地元への帰路に着かれているかと。またこの町で見かけることがあれば、その時は命の保証はできぬとお伝えしています」

殺気立つ美濃部の眼光を平然と受け止め、彼女は淡々と続ける。

「美濃部春喜《はるき》さん、今日はご忠告に上がりました」

細い人差し指が、テーブルのグラスを滑らかに撫《な》でる。玲瓏《れいろう》なその声は音楽に掻《か》き消《け》されることなく、美濃部の耳まで真《ま》っ直《す》ぐに届いてきた。

「この地域に貴方《あなた》の同業者がいない理由、お分かりでしょうか」

「…………」

「それは、ここが『獣筋』の本家・鳴原《しぎはら》の庇護《ひご》する土地だからです。不逞《ふてい》の輩《やから》が勝手をするには、リスクが高過ぎる場所なのです。この地は穴場などではなく、万夫不当《ばんぷふとう》なる鵺《ぬえ》の縄張り――霊による悪行は漏らさず断罪される、鉄囲山《てっちせん》の中だとご認識下さい」

「お前……」

心拍が上昇するに連れて、美濃部の脳裏に一つの記憶が浮上し、結実する。

そうだ。どうして今の今まで気がつかなかったのか。こいつは……時おり有働瑠璃《うどうるり》と一緒に歩いていた女じゃないのか!?

少女の双眸《そうぼう》が、感情もなく美濃部を射すくめる。その瞳が深紅に染まっているように見えたのは、照明のせいだろうか。

「我が将であり友人、鳴原翠《すい》様より伝言です」

「鳴原、翠……？」

「その身に憑《つ》けている怨霊《おんりょう》を解放し、二度と与霊を行わないこと。その上で大人しくこの地を去ること。そうすれば、一度だけ助かるチャンスをお与え致します」

「な……！」

「貴方にとっては破格の条件と言えましょう。お返事は明日、またこの時間にここで頂くことにします。お持ちの三体の霊……いずれも欠けることなくお越し下さいませ」

「ふ、ふざけ……」

「お逃げになられることは、あまりお勧めできません。我が組織の網は——日本全国に張り巡らされております故」

倒すしかない。敵であると分かった以上、今ここで排除すべきだ。そんな信号を発する頭とは裏腹に、美濃部《みのべ》の体は動かなかった。否《いな》、動けなかった。

この吹けば飛びそうな華奢《きゃしゃ》な少女に、本能が恐怖していた。自身の嗅覚が、この女に挑むことを全力で拒んでいた。

「テメエは、一体……」

「霊導師《れいどうし》をご存知《ぞんじ》ありませんか？」

言うなり、少女がパチンと指を鳴らす。その何気ない仕草の直後、異変が起こった。

「は——」

誰かが、美濃部の背後にいた。

背中と壁の僅かな隙間に、いつの間にか人の気配があった。

振り向くことも、声を上げることもできない。強烈な悪寒《おかん》がとぐろを巻くように四肢へ絡みつき、呼吸さえままならない。辛《かろ》うじて眼球だけを足下へ向けると、すぐ後ろに何者かのワークブーツが見えた。

（霊？　いや、足が……）

回りかけた思考が、途端にまた停止する。背後より音もなく伸びてきた手が、ピトリと首筋に触れてきたからだ。

氷のごとく冷たい感触。このまま力を込められたら、頸椎《けいつい》をへし折られてしまう確信。

なのに、怨霊《おんりょう》たちが全く反応しない。祟《たた》り主《ぬし》である美濃部がこの上ない危機に曝《さら》されているにも拘《かか》わらず、彼らは揃《そろ》って何のアクションも起こさなかった。

（おい、出てこいよ！　何をシカトしてやがる⁉）

何故《なぜ》怨霊たちが反応しないのか。霊についてさしたる知識を持たない美濃部には、その理由が全く分からなかった。

なす術《すべ》もなくおののくしかない美濃部の耳に、再び美しい声が刺さる。

「貴方《あなた》の怨霊たち、怯《おび》えていますね。私《わたくし》の生邪魔《いちじゃま》に」

生邪魔。それが彼女の合図と共に出現した、この謎の霊の正体か。後ろの気配は、明らかに生きた人間と変わらない存在感を持っている。こんな霊は聞いたこともない。

「無理もありません。霊格があまりにも違いますから」

首を掴《つか》む手に、力が入った。

気管が圧迫される。口端から涎《よだれ》が垂れる。腕が上がらない。――殺される。

必死に目だけで救いを訴える美濃部をよそに、少女はクルリと踵《きびす》を返した。その際に再度パチンと指を鳴らし、死神《しにがみ》のごとき微笑を肩越しによこしてくる。

「瑠璃《るり》様に手を出したら――私の兄の怒りに触れますよ」

残されたその声を放心して聞いていた美濃部《みのべ》は、たっぷり三分ほど経過したのちに、背後の人影が消えていたことにやっと気付いた。

金縛りが解けたように壁へドスンともたれかかる。膝が震え、腰に力が入らず、まともに立っていられなかった。胸元に垣間《かいま》見えるシャツは大量に汗を吸い、すっかり変色してしまっていた。

(むざむざ帰すべきじゃなかった。排除するべきだった。せめて捕らえるべきだった)

それは分かっている。が、勝算など万に一つもなかっただろう。

紺野《こんの》とは比較にならない。今の女は次元が違い過ぎた。相手もそれを分かっていて、あえて美濃部を見逃してみせたのだ。

排除など、捕らえるなど、ちゃんちゃらおかしい戯言《たわごと》だ。生殺与奪《せいさつよだつ》の権を握っていたのは――初めから終わりまで向こうだった。

「霊導師《れいどうし》、だと」

人生最大級の屈辱に、腸が煮えくり返る。格下とあしらわれ、慈悲《じひ》までちらつかされた自分に、咆哮《ほうこう》を上げてしまいそうになる。

――子供の頃《ころ》から霊が見えたせいで、「嘘《うそ》つき」と罵られてきた。重度の虚言癖があると、親からも疎まれてきた。

だが高校二年生の頃。有働瑠璃《うどうるり》という怨霊《おんりょう》師の噂《うわさ》を聞き、美濃部の人生は変わった。

霊とはただ見るだけじゃなく、こちらから干渉できる存在であると知った。怨霊に意思を与え、人を呪わせる……その方法を覚えてからは、逆らう奴《やつ》はいなくなった。強い霊感を持つ自分はやはり特別な人間であり、強者であるのだと確信した。

美濃部には、死者の魂を操る才能がある。自分は見下される側ではなく、見下す側の人間なのだ。その確信が、矜持《きょうじ》が今――粉々に砕かれ、踏みにじられた。

「舐《な》めやがって……ふざけんな……」

怖《お》じ気《け》が激昂《げっこう》に塗り潰されていく。黒い炎が恐怖を灰にしていく。もはや悠長《ゆうちょう》に機を窺《うかが》うのはやめだ。ここまでコケにされた以上、黙ってはいられない。

「……殺す」

力量差など知ったことか。必ず思い知らせてやる。俺を舐めたことを後悔させてやる。奴らは――俺の地雷を踏んだ。

「殺す、殺す、殺す殺す殺す……！」

目を見開き、歯をギリギリと軋《きし》ませながら、美濃部は絞り出すように延々と呪詛《じゅそ》を吐き続けた。

第四章　ボケの帰還

1

デートから一夜明けた日曜日。高く澄み渡る快晴の正午。

休日ということもあり、孝巳《たかみ》は自ら『お笑い研究会』のメンバーに声をかけ、四人で巨大霊園へとやってきた。

きっかけは今朝早くの、翠《すい》からの電話だった。聞けばモールでの一幕のあと、柘榴《ざくろ》があの二人組を締め上げて美濃部《みのべ》の居場所を吐かせ、本人に接触してきたそうなのだ。

一日だけ降伏の猶予《ゆうよ》を与え、今夜その返事を聞きに行く……そう知らされた孝巳は、自身も同行することを強く頼み込んだ。

美濃部が大人しく怨霊《おんりよう》を解放するなら、その場で小田切《おだぎり》をあの世へ送ってやりたい。その役目は自分が果たしたい——そんな懸命な請願《せいがん》を、翠は聞き入れてくれた。

美濃部が片付けば、もう瑠璃《るり》に危険はない。あとは霊瘧《れいぎやく》が治るのを待つだけだ。……思いがけなく事件に進展が見えたとき、ふと小田切の墓参りに行きたくなったのだ。

「ここへ来るのは夏以来ね」

霊園の門を抜けたところで、翠がしみじみとそう言ってきた。

　そう、電車に揺られてやってきたここは、山根由香子《やまねゆかこ》の墓がある霊園だ。夏休みに入る直前、かつて翠と二人で訪れた場所であった。

「俺はあれから、もう一度来たよ。小田切の墓もここにあったからな」

　墓の場所は、数ヵ月《すうかげつ》前に街で偶然再会した野球部の友人から聞いていた。同じ園内なのだから、小田切だけでなく由香子の墓参りも兼ねようと、翠たちを誘ってみたのだった。

「由香子さんって誰？　みんなの友達？」

　入口の管理事務所で花を買ってきた孝巳に、瑠璃が小首を傾《かし》げてくる。

　彼女は（孝巳もなのだが）幽霊としての山根由香子しか知らない。中学時代に同級生だった小田切のことは覚えていても、出会った時点ですでに霊だった由香子の記憶は封印されているのだろう。

「まあ、そんなところだよ。お前も手を合わせてやってくれ」

　追及することもなく、瑠璃は素直にコクリと頷《うなず》いた。その右手は合流したときから片時も離れず、柘榴の左手としっかり繋《つな》がっている。

「瑠璃様、私《わたくし》から離れませぬよう」

「はあい」

「冷えますので、襟元をしっかりお塞ぎ下さい。パンツはちゃんと穿《は》かれていますか？」

「あ、当たり前だよぉ」

「それが当たり前ではないのです」

甲斐甲斐《かいがい》しく瑠璃《るり》の面倒を見る柘榴《ざくろ》には、寝不足や疲労の色は一切窺《うかが》えない。

彼女の霊導師《れいどうし》としての恐ろしさは、孝巳《たかみ》も充分過ぎるほど承知している。『首斬小町《くびきりこまち》』の本質を体感しただろう美濃部《みのべ》も、さぞ震撼《しんかん》したに違いない。

……それから十数分後。案内看板を頼りにウロウロと歩き回った末、やっと林立する墓碑の中に「小田切《おだぎり》家之墓」の文字を発見することができた。

早速その墓石に柄杓《ひしゃく》で水をかけ、軽く周囲を掃いたのちに四人揃《そろ》って手を合わせる。狭い通路を吹き抜ける寒風に、供えたばかりの花が小さく揺れていた。

(小田切、あともう少しだけ我慢してくれ。必ず向こうに送ってやるから)

今はそれだけを伝えておけばいい。他の言葉は、また日を改めて訪れたときでいい――なのにいざ墓と向かい合うと、心に次々と思いの泡沫《ほうまつ》が浮かんでくる。

(最近俺さ、何でか漫才のツッコミ役をやってるよ。拳を剣に替える練習なんてのもしてる。これがまた野球以上に大変でな。ああ、それから……借りたＤＶＤ、形見として貰《もら》っといていいか?)

様々なことを語り通してようやく合掌をやめると、待ってくれていた三人に礼を告げて歩き出す。

今、この墓に小田切は眠っていない。前に来たときも、彼の魂はここにはいなかったのだろう。でも、孝巳がここへ来ることは決して無意味じゃないはずだ。

たとえ魂がどこにいても、生者の思いの発露はきっと届くのだ。――言霊《ことだま》となって。

次に向かうのは、由香子《ゆかこ》の墓だった。

小田切に続いて深く関《かか》わることになった、三つ編みの少女霊。二人の男子の愛憎《あいぞう》に翻弄され、自ら命を絶ったあの不憫《ふびん》な少女のことを、孝巳は今でも時おり思い出す。

小田切の件では「当事者」だった孝巳が、転じて「介入者」となったのが由香子の事件だった。思えば自分は、あの出来事を引き金に霊導というものを意識し始めたのかもしれない。

「鴫原《しぎはら》、場所覚えてるか？」

「ええ。私が先導するわ」

翠《すい》に従って、未舗装の砂利道《じゃりみち》を歩き出す。

墓石の密集する区画を抜け、やがてまだ真新しさの残る一帯に差しかかると、先頭を行く翠がにわかに足を止めた。前方から二人の人影が近付いてきたからだ。

背の高い短髪の男が、マッシュルームのような髪型をした小柄な男を従えてやってくる。

その距離が数メートルとなったとき、彼らもまた歩みを止めてこちらを凝視してきた。

「……お？　紺野《こんの》じゃねえか」

——それは、武本京也《たけもときょうや》と瀬戸川圭太《せとがわけいた》だった。

青鶴高校《あおづるこうこう》の三年生である武本、そして孝巳《たかみ》のクラスメートである一年生の瀬戸川……この二人こそ、まさしく山根由香子《やまねゆかこ》の事件の「当事者」たちだ。彼女の生前と死後に渡り、その存在を縛り、また縛られてきた二人だ。

「武本さんに、瀬戸川……？」

予想外の組み合わせに困惑した孝巳へ向けて、武本が破顔《はがん》する。今や以前のように金髪でもピアスまみれでもなく、威圧的な雰囲気も消《き》え失《う》せていた。

「鴫原《しぎはら》も一緒かよ。面白《おもしれ》ぇ組み合わせだな。もしかして、お前らも知ってたのか？」

「え？」

「今日、由香子の月命日なんだよ」

「月命日……」

そこまでは知らなかった。

そういえば武本は、由香子の墓参りに毎月来ているのだった。この時期には紫陽花《あじさい》は無理だろうが、今でも手を合わせに来ることだけは欠かしていないようだ。

（それにしても、瀬戸川が一緒だなんて……）

武本はともかく、ここに瀬戸川までいるのは驚きだ。

事件のことを考えれば、彼らがこうして顔を並べているのは奇跡に近い。由香子の霊を使っての復讐《ふくしゅう》に失敗した瀬戸川は、あれ以来孝巳とすら必要以上に距離を置き続けているのに。

「ああ、コレか？」

そんな孝巳の心中を読んだのか、武本が横のモヤシ少年を顎で示す。

「最近はこいつも連れてきてんだ。嫌とは言わせねえ」

瀬戸川がビクリと大袈裟《おおげさ》に身をすくませる。顔が異常に強張《こわば》っていた。

「そもそも、本当は俺よりこいつが来るべきなんだ。その方が由香子も喜ぶ」

……多少横暴な気もするが、武本の思いは分かる。

由香子が愛したのは、最後まで瀬戸川だった。ならば彼が墓に来てくれることは、由香子にとって何より嬉《うれ》しいことのはず。

武本はそう思ったのだろう。死者の意思は、生者が決めるものなのだから。

「そ、それじゃ、僕はこれで」

針のむしろのような状況から一刻も早く逃れるべく、瀬戸川が上ずった声を残して立ち去ろうとする。

うつむき加減で孝巳たちの脇をそそくさと通り抜ける彼に、武本が辟易《へきえき》とした呆《あき》れ声を飛ばした。

「コラ瀬戸川。いい加減にキョドるのやめろや。こっちも今さらテメェなんざボコッて、卒業間近に停学食らいたくねぇんだ」

「す、すいません！」

悲鳴めいた謝罪を発し、瀬戸川《せとがわ》が脱兎《だっと》のごとく駆け出した。

あっという間に小さくなっていくその背中を眺め、武本《たけもと》が不愉快そうに舌を打つ。

「ケッ、相変わらず胸クソ悪《わり》ぃヘタレだぜ」

まあ、瀬戸川の気持ちもまた分かる。武本に毎月呼び出されるなど、彼にとっては生きた心地がしないだろう。由香子《ゆかこ》の霊を悪用したことによる報いが、こんな形で今なお続いているとは……そう思っていると、武本が意外な言葉をよこしてきた。

「でもあいつ、ここ二ヵ月ほどは自分から連絡よこしてくるんだぜ。今月の墓参りはどうするんだ、ってな」

「せ、瀬戸川が？」

「まあ、俺の顔色窺《うかが》ってるだけかもしれねぇが……奴《やつ》にもちったぁ心境の変化があったんだと思いてえな」

手桶《ておけ》を担いだまま肩をすくめた武本に、それまで黙していた翠《すい》が初めて口を開いた。

「武本さん。貴方《あなた》、少し変わったわね」

その声に感情はない。かつて護衛のため武本に付きまとっていた翠だが、あまり彼に良い印象を持っていないのは孝巳《たかみ》も知っていた。

もし武本がこんな風に、もっと以前から由香子を思いやれる人間だったら……悔やんでも仕方のないことだが、まだ翠にはそんな無念があるのかもしれない。

「心なしか、前より人間らしくなったわ。由香子さんへの哀悼《あいとう》の心、いつまでも忘れないでちょうだい」

「相変わらず、綺麗《きれい》な顔して毒吐くじゃねえか」

気分を害した風もなく、武本が苦笑する。

「こんなもん、どこまでいってもただの自己満足さ。じゃあな」

最後にそんな挨拶《あいさつ》だけを残し、武本はのんびりとした足取りで去ってしまった。

……言動は以前と大差ないが、確かに武本は少し変わったように感じる。彼を変えたのは間違いなく、由香子の死だろう。

その変化は好ましいが、代償があまりにも大き過ぎた。由香子の苦悩は孝巳などには到底想像もつかないものだ。が、それでもやっぱり彼女は……死ぬべきじゃなかった。

武本がいなくなると、今まで柘榴《ざくろ》の後ろに隠れていた瑠璃《るり》がひょっこり頭を出した。

「あの人、怖かったぁ……」

「今のお二方が、武本さんと瀬戸川さんですね。事件の経緯だけは伺っておりました」

口々に感想を漏らす彼女たちの声に続いて、不意に翠のポケットで携帯が鳴った。墓地に不似合いなアニソンの着メロが、森厳《しんげん》な空気を一変させる。

「あ、電話だよ翠《すい》ちゃん」

「ええ。ちょっとごめんなさい」

孝巳《たかみ》たちに断りを入れ、翠がその場で電話に出る。

彼女は最初に一度だけ「はい」と通話相手に告げ、それきり口を閉ざしてしまった。表情がみるみる険しさを増し、瞳が剣呑《けんのん》な光を帯びる。

「……忠告は聞き入れられなかった、ということ？」

その言葉に、孝巳と柘榴《ざくろ》が同時に反応した。たちどころに全身を緊張が走る。

「分かった、伝えておくわ」

そんな一言を相手に投げ、翠が通話を切った。間を置かず彼女が告げてきたのは——予想通りの人名だった。

「美濃部《みのべ》だったわ」

「……！」

やはりそうか。そして翠の様子から、受け取った返事も察しがつく。

「どうやら実力行使しかないみたい。ただ、一つ問題が生じてしまったわ」

「問題？　それにしても、何で美濃部がお前の携帯番号を……」

尋ねてみると、翠はまさにそれが核心であると言いたげに、厳しい面相で腕を組んだ。

「私が名刺を持っていること、覚えてるかしら」

「ああ」

確かに、翠は自身の連絡先を明記した名刺を持っている。彼女がそれを小田切奈緒《おだぎりなお》に渡したとき、孝巳もそこにいた。

「——あ」

直後、血の気が引いた。この上なく悪い予感が頭を駆け巡った。

美濃部が名刺によって翠の電話番号を知ったのだとしたら、それをどこで手に入れた？　誰が持っていた物だ？

「小田切奈緒さんを——預かっているそうよ」

孝巳の危惧《きぐ》を決定付けるように、翠が言葉を継いだ。

「今日の午後十時、オフィス街外れの廃銀行で待っている。有働瑠璃《うどうるり》を連れて来るよう、紺野《こんの》に伝えろ。どうせお前の仲間なんだろ？　……とのことよ」

「な……」

収束が見えたはずの事態が、一転して悪化した。迂闊《うかつ》だった。すでに孝巳は頭の中で、奈緒を事件から蚊帳《かや》の外《そと》へと追いやっていたのだ。

奈緒の除霊をしたのは、他ならぬ美濃部だ。そしておそらく奴《やつ》は、公園での孝巳の狼狽《ろうばい》から……小田切和人《かずと》がこちらの知人であることも悟っていたのだろう。

立ちすくむ孝巳の背後で、柘榴の溜息《ためいき》が聞こえた。

「オフィス街外れの廃銀行……あそこですか」

美濃部《みのべ》が指定した場所。そこは皮肉にも、柘榴《ざくろ》の兄・三塚昂大《みつづかこうだい》による殺人の犯行現場だ。二度と行くこともないと思っていたが……

「翠《すい》様の仏心は無駄だったようですね。力量差は見せたつもりなのですが……」

「この事態を想定できなかったのは、私の落ち度よ」

美貌《びぼう》を歪《ゆが》ませながら、翠がこちらを見詰めてくる。意見を求めているようだった。

美濃部は、孝巳《たかみ》と瑠璃《るり》の二人を名指ししている。ならば選択の余地はない。奈緒《なお》の安全のためには、それに従うしかない。

「分かった。俺が行く」

「……瑠璃、貴女《あなた》は？」

次いで翠の視線が、瑠璃へと移動する。

「い、行くよっ。だって私が原因だもん」

柘榴の腕にしがみついたまま、瑠璃が何度も頷《うなず》いてみせた。半ば泣きそうな表情でありながら、彼女は孝巳に向けて無理やり笑顔を繕《つくろ》ってきた。

「一緒に頑張ろう、紺野《こんの》くん」

……その声音《こわね》に、少しだけ以前の瑠璃が重なった。空元気なのは一目瞭然《いちもくりょうぜん》だが、その声でそう言ってもらえると、無性に心強い。

「鍋とお玉はいらないからな。お前のことは、俺が守る」

2

電車を降りた孝巳と瑠璃は現在、廃銀行へと続く坂道を並んで歩いている。

時刻はちょうど午後九時半。この時間になると、ただでさえ人通りの少ないこの一帯は輪をかけて寂しくなる。駅前はまだ賑《にぎ》やかだったが、ちょっと中心地から離れてしまうとこんな有り様だ。

……翠と柘榴の姿はないが、もちろん同行していないわけではない。それぞれ密《ひそ》かに銀行へ忍び込み、踏み込む機会を窺《うかが》うとのことだった。

（美濃部の方から呼び出してきたってのが、少し気になるが……）

間違いなく何かを企《たくら》んでいると見るべきだろう。

懸念《けねん》されるのは、「奴《やつ》が素直に奈緒を連れてきているか」という点だ。美濃部にとって彼女は切り札だ。簡単に手放すとは思えない。

こちらだけ馬鹿正直に瑠璃を連れて行っていいのだろうか……そんな憂慮《ゆうりょ》はあるが、人質を取られている以上は後手に回るしかない。孝巳の仕事はとにかく交渉に徹し、翠と柘榴が突入する隙を作ることだった。

（有働《うどう》の霊瘧《れいぎやく》が、今すぐにでも治ってくれたら……）

そんな嘆きを込めて傍《かたわ》らの少女に目をやると、図らずも視線がぶつかった。

黒目がちの大きな瞳が、孝巳《たかみ》を見上げている。しかし瑠璃《るり》はすぐにしょんぼり下を向いてしまうと、神妙な口調でポツリと呟《つぶや》いてきた。

「ごめんね紺野《こんの》くん。私のせいでこんなコトになって……」

「やめろよ。お前に謝られると調子狂っちまう」

これは瑠璃の責任じゃない。もちろん翠《すい》の責任でもない。奈緒《なお》を巻き込んでしまった落ち度は、瑠璃ばかりに気を取られていた孝巳自身にある。奈緒が狙われる危険性に思い至らなくてはいけなかったのは、他でもない自分だったのだ。

だから孝巳が廃銀行に行くのは、当然の義務だ。が、瑠璃はその限りではない。こんな危険な役目など拒否もできたはずだ。「霊の記憶」と一緒に「度胸」まで忘れてしまっている彼女は、本当は逃げ出したいほど怖いに違いない。

……やがて進む暗闇《くらやみ》に、明々と光を放つ自販機が見えてきた。

一度そこで立ち止まり、孝巳はコーラのペットボトルを買った。一口飲んで上着の内ポケットにしまうと、瑠璃が不思議そうに瞬《まばた》きをする。

「全部飲まないの？」

「ああ。ちょっと喉《のど》を湿らせたかったんだ」

「なのにお茶じゃなくてコーラなの？　紺野くんって変わってるね」

「お前ほどじゃないよ」

裏手で軽く彼女の肩を叩《たた》き、再び並んで歩き出す。

アスファルトに響く二つの靴音を聞きながら、宵闇《よいやみ》の空を見上げる。遥《はる》か彼方《かなた》をゆっくりと横切っていく飛行機の光点を何となく眺め、孝巳は知らず語り出していた。

「普段のお前はさ、本当に変な奴《やつ》なんだ」

「え？」

「場所も相手も関係なく、もうボケたもん勝ちって感じで……ととことん周りを引《ひ》っ掻《か》き回《まわ》す奴なんだ」

「自分のことなのに、何か想像できないなぁ……」

「俺の人生は、お前に百八十度変えられちまったと言っていい。お陰で毎日しっちゃかめっちゃかだよ」

「じゃあ、このまま元に戻らない方がいい？」

不安げに問うてきた瑠璃に、「それは困る」とすかさず首を振る。

「俺は、そんなお前にツッコミを入れるためにいるんだ。それが俺の役目なんだ。暴走するお前にセーブをかける……その抑え役が、今の俺のマウンドなんだよ」

かつて翠の父・鴫原之臣《しぎはらゆきおみ》は、孝巳のことを「瑠璃が道を外さないための楔《くさび》」だと言った。

でも、実はそれは一方的なものじゃない。

たまに考える。瑠璃《るり》に出会わなければ、小田切《おだぎり》の除霊を別の霊能者に頼んでいたら、自分はどうなっていたのだろう、と。

未《いま》だ野球への未練を断ち切れず、鬱々《うつうつ》とした毎日を送っていたかもしれない。早々に退学していたかもしれないし、やさぐれた果てに本当の『人間魚雷』になっていたかもしれない。経緯はどうあれ、瑠璃はそんな孝巳《たかみ》を『お笑い研究会』に誘ってくれた――「ツッコミ」「相方」という居場所をくれた。

だから思うのだ。自分に野球以外の存在価値を見出《みいだ》してくれた有働《うどう》瑠璃もまた、「孝巳が道を外さないための楔《くさび》」だったのだと。

「今回のことでよく分かった。ボケない有働は、やっぱり有働じゃない。今のお前もいいけど、普段のお前の方が俺はもっと気に入ってる。だから……早く良くなってくれよ」

補い合い、支え合う。コンビとはそういうものだ。

ならば今は、自分が彼女を支えよう。紺野《こんの》孝巳は、有働瑠璃の相方なのだから。

――と、瑠璃の指が、孝巳の指に触れてきた。

キュッと握ってきた小さな手を、自然と軽く握り返す。ほのかな温《ぬく》もりを感じるということは、瑠璃は逆に冷たさを感じているのかもしれない。

「あ、あのね紺野くん」

「何だ？」

「紺野くんのこと……孝巳くんって呼んでいい？」

「ああ」

何だか照れ臭いような気もしたが、快く頷《うなず》くことにする。きっと今しか聞けないレアな呼び名だ。鼓膜《こまく》に焼きつけておくことにしよう。

「そうだ有働。これ一つやるよ」

「何？　カイロ？」

小首を傾《かし》げてきた彼女に、ポケットから取り出した折り紙の鶴を渡す。霊園を出て一旦解散したあと、家でいくつか折ってきた物だ。

「わあ、結構上手だね……って、何で折り鶴？」

「もしものときの備え、かな」

「備え……？　そういえば、反対側のポケットもやけに膨らんでるね。何でそんなにいっぱい作ってきたの？　翠《すい》ちゃんと柘榴《ざくろ》ちゃんの分？」

「いや。こっちに入ってるのは落ち葉だよ。ここへ来る前に拾ってきたんだ」

「そ、それ、どういうボケ？」

「ボケじゃない。俺は生まれついてのツッコミだ」

「……やっぱり変わってるね、孝巳くんって」

「お前の方が変わりモンだっての」

「孝巳《たかみ》くんだよ」

「お前だ」

変人を互いに押しつけ合いながら、二人は夜道を歩いていった。


同じ頃。孝巳たちの百メートルほど後方を、翠《すい》は一人黙々と進んでいた。

左右に連なる建物は、どこも明かりが消えて人の気配がない。すれ違う通行人も皆無。こんな立地条件の悪い場所に支店を構えるなんて、銀行は一体何を考えていたのかしら……と、翠は前から疑問に思っていた。

手首を返して腕時計に目を落とす。指定の時間まで、あと十分足らず。間もなく孝巳たちが廃銀行に到着する頃合いだろう。

(必ず今夜で終わらせる)

美濃部《みのべ》にもう仲間がいないことは調査済みだ。鴫原《しぎはら》家の当主として絶対に捕らえてみせる。そして、瑠璃《るり》をつけ狙う不届き者を、彼女の保護者代わりとしてとっちめてみせる。

ちょうど自販機の前を通過したところで、翠は制服ブレザーのポケットから携帯を取り出し、電話をかけた。

たった一回のコールで、相手はすぐに出た。先行している柘榴《ざくろ》だ。

『はい』

「状況はどう？」

『銀行の周囲に人影はありません。今は紺野《こんの》様と瑠璃様が中へ入るのを待っています』

「了解。私も数分で到着するわ」

手短に連絡を済ませると、僅かに歩調を上げる。

（美濃部自体はさして脅威じゃないわ。問題は、小田切奈緒《おだぎりなお》さんを救出する首尾だけ）

決意を込めて軽く息を吸い、そのまま一呼吸で口笛を鳴らす。

直後、肩に巨大な鳥影が顕現《けんげん》した。続いて足下にライオンサイズの獣が現れ、足音もなく隣を随行する。翠の守護霊である鷹《たか》の禽踊《きんよう》と、狼の牙穿《がせん》だ。

……心なしか二匹の霊気がいつもより濃く、やや逸《はや》っているように感じた。

高い霊格を持つ彼らは、少なからず自我のようなものを持っている。姿は見えずとも常に翠の背後に控えているこの鳥獣たちは、今がどんな状況下かを理解しているのだろう。

「瑠璃と紺野くんが心配？」

二匹はもちろん何も言わない。が、翠には分かる。この子たちは、あの二人を気に入っている。特に瑠璃とは、二匹がまだ両親の守護霊だった頃からの遊び仲間なのだ。

瑠璃は当時から、よく彼らを乗り物代わりにして遊んでいた。禽踊にぶら下がって空を飛び、牙穿に跨《また》がって裏山を駆け回り、さらには相撲の特訓にまで付き合わせていた。

伝説の獣霊《じゅうれい》・朽縄《きゅうじょう》すら屠《ほふ》ったこの二匹にそんなことをさせたのは、鴫原《しぎはら》家の長い歴史においても彼女だけ……宿敵だったはずの有働《うどう》家の娘だけだろう。

（私ですら乗るのは嫌がられるのに）

禽踊《きんよう》はともかく、牙穿《がせん》くらいは背中に乗せてくれてもいいと思う。でも牙穿は、いつも翠《すい》が跨《また》がろうとすると体を揺すって抵抗してくる。

理不尽だ。どうして主人の自分が拒絶されるのだろう？　瑠璃《るり》が良くて、私が駄目な理由なんて……

「もしかして――体重？」

こんな状況にも拘《かか》わらず思い当たってしまった一つの可能性に、翠は低く呟《つぶや》いていた。

牙穿の尻尾《しっぽ》が、ピタリと動きを止めた。そのまま急激に歩く速度を上げた黒狼を追い、小声で厳しく追及を重ねる。

「待ちなさい牙穿。重いの？　重いのね？」

不可視の足を忙《せわ》しなく動かし、牙穿がズンズン先行していく。翠の肩口では、褐色の鷹《たか》が我関せずとばかりにプイとそっぽを向いていた。

「牙穿、答えなさい。そうならそうとはっきり言いなさい。私は貴方《あなた》をそんな子に育てた覚えは……」

そこまで言ったところで、尋問の中断を余儀《よぎ》なくされた。すでに前方に廃銀行が見えて

いたからだ。

意識を任務に切り替えねばならない。手筈《てはず》通りに敷地内へ潜み、突入する機を窺《うかが》わねばならない。そして。

（明日からダイエットしなくちゃいけない）

銀行が間近に迫る。孝巳《たかみ》たちはもう中に入っているはずだ。

二体の獣霊《じゆうれい》を入口に待機させると、翠《すい》は音もなく建物の壁にピタリと身をすり寄せた。


銀行内へと入った孝巳たちは、まず一階の広大な空間を油断なく見回した。

割れた窓から差し込む月明かりに照らされた内部は、以前とさして様相が変わっていない。ソファーや筆記台が散らばる入口付近に比べ、カウンターに仕切られた向こう側は設備があらかた撤去されており、体育館のようにガランとしていた。

瑠璃《るり》を背後に控えさせ、息を殺して進もうとしたとき。

「――待ってたぜ紺野《こんの》」

カウンターの奥の暗がりから、そんな声が飛んできた。

向けた視線の先で、懐中電灯と思われるライトが一度だけ点滅する。目を凝らすと、弱々しい月光の中に二つの人影が佇《たたず》んでいた。

ロングコートを着込んだ、頭髪がツンツンと逆立った男。そして、セーターとデニムスカートという軽装の少女。……それは果たして、美濃部春喜《みのべはるき》と小田切奈緒《おだぎりなお》だった。

「美濃部……！」

急ぎカウンターを乗り越え、瑠璃と共にそちらへ急行する。その間も、孝巳は体内の霊力を掻《か》き集《あつ》め、練り上げる作業を密《ひそ》かに行っていた。

「奈緒ちゃん！　大丈夫か！」

念のために六、七メートルほどの距離を置いて立ち止まり、奈緒へ声を投げかける。

しかし奈緒はうつむいたまま、何の反応もなく立ち尽くしているだけだった。拘束を受けているわけでもないのに、逃げ出すこともなく虚《うつ》ろに地面を見詰めている。

キッと美濃部を睨《にら》みつけ、孝巳は強い語調で言い放った。まずは交渉だ。翠と柘榴《ざくろ》が踏み込める隙を作るのだ。

「美濃部、もう与霊師《よれいし》なんて廃業しろ」

「あ？」

威圧的な三白眼《さんぱくがん》が、怒色も露《あらわ》にこちらを見据えてくる。

「もう気付いてるはずだ。お前が敵に回そうとしている鴫原《しぎはら》家は、そんじょそこらの家じゃない。日本中の霊導師《れいどうし》を束ねる、でかい組織の元締めだぞ」

「フン、だからどうしたよ。こっちにも生活があるんだわ。あと意地もな」

忠告を鼻であしらい、美濃部が煙草《たばこ》に火をつける。

「舐《な》められたまま黙ってられるか。俺は今日まで、ウゼェ奴《やつ》らはみんな潰してきたんだ。自分の力でな」

頑《かたく》なに抗戦の意思を貫こうとする彼に、孝巳《たかみ》は歯噛《はが》みした。

美濃部《みのべ》はこの世界のことに、孝巳以上に無知だ。翠《すい》に柘榴《ざくろ》に月長《つきなが》——孝巳が知っているだけでも、組織の所属者は超人クラスの霊導師《れいどうし》ばかりなのだ。並外れた霊感を持つわけでもない一個人が、意地だけでどうにかなる相手ではない。

なおも説得を重ねようと言葉を探していると、今度は美濃部が口を開いた。

「紺野《こんの》、無駄話はやめようや。お前は人質を取り戻しに来たんだろ？　ご希望通り返してやるよ」

「な、何？」

煙を吐きながら、美濃部が口端をニッと吊《つ》り上《あ》げる。

あまりに突然の、予期せぬ申し出だった。まさか大人しく人質を返すなんて……

「この仕事にはな、信用が大事なんだ。もちろん、そのあと有働瑠璃《うどうるり》と話をさせてもらうぜ。そのために見せるこっちの誠意ってヤツだ」

「…………」

真意は不明だが、奈緒《なお》を解放してくれるなら願ってもないことだ。

彼女さえ奪還できれば、もはや翠と柘榴が隠れている理由はない……そう判断した孝巳は、短く瑠璃とアイコンタクトを交わし、ゆっくりと歩き出した。

奈緒を伴い、美濃部もこちらに迫ってくる。その距離が四メートルほどとなったとき、美濃部が「ほれ、行け」と奈緒の背中を軽く押した。

ヨロめきつつも、奈緒は覚束《おぼつか》ない足取りで歩を進める。美濃部をその場に置いて、フラフラと少しずつ接近してくる。

（よし、この距離なら）

美濃部の動きに注意を払ったまま、奈緒を保護すべく足を踏み出す。

「奈緒ちゃん、怪我《けが》は――」

眼前の奈緒にそう言いかけた瞬間。彼女が何かを持っているのに気付いた。

月明かりを受けて硬質な白銀の光を放つそれは――小さなナイフだった。

息を呑《の》むと同時に、奈緒が体ごと飛び込んでくる。

咄嗟《とっさ》に庇《かば》おうとした両腕を一瞬早くすり抜け、刃は孝巳の胸部に深々と突き立った。

3

瑠璃の金切《かなき》り声《ごえ》が上がる直前に、翠はすでに窓を破り銀行内へと突入していた。

痛恨の出遅れだった。孝巳と奈緒、そして美濃部の位置関係が決定的となったとき、翠はすぐさま行動に移った。……が、それでも遅過ぎた。

思いがけぬ奈緒《なお》の凶行。それを狙いすましたように、瑠璃《るり》を素早く捕えた美濃部《みのべ》。一瞬で逆転してしまったそんな形勢のことなど、しかし今の翠《すい》には考える余裕はなかった。

「紺野《こんの》くん！」

視界の先で、孝巳《たかみ》が膝から崩れ落ちる。体を丸めるように倒れたその地面に、どす黒い染みがみるみる広がっていく。

半ばパニック状態となって駆け寄る翠よりも早く、反対側から同じく疾走《しっそう》してきた柘榴《ざくろ》が一足先に孝巳を抱き起こした。

半秒遅れて辿《たど》り着《つ》いた翠が見たものは、苦悶《くもん》に歪《ゆが》む孝巳の顔、そしてその胸に垂直に屹立《きつりつ》したナイフだった。

「紺野、くん……」

刃が半分以上も埋まっている。そこを中心にして、染みが放射状にコートを浸食し続ける——明らかに致命傷だった。

「ハハハ！　よくやったぜ小田切《おだぎり》奈緒！」

美濃部の哄笑《こうしょう》がコンクリートの壁床に響く。彼はその両手に瑠璃と奈緒を捕えたまま、すでに大きく距離を取っていた。

瑠璃が蒼白《そうはく》になって硬直している。奈緒はことさらに顔を歪ませ、自身の手を痛そうに押さえていた。

「奈緒さん、どうして……」

翠の干上がった声に反応し、奈緒が静かに顔を上げる。焦点の定まらない双眸《そうぼう》で、彼女はうわ言のようにブツブツと呟《つぶや》き出した。

「お兄ちゃんは……紺野さんを追って空手部に入った……」

その言葉が合図だったように、奈緒の背後にユラリと人影が現れた。孝巳に負けず均整の取れた体付きをした、短髪の高校生。その霊が何者かなど明白だ。

奈緒の兄であり、孝巳の友人・小田切和人《かずと》……まさか美濃部は、奈緒に小田切の怨霊《おんりょう》を返したのか。兄に再び妹を祟《たた》らせたのか。

「紺野さんが誘ったんですよね？　空手部に入るって言ったんですよね？　だからお兄ちゃんは死んじゃった……」

奈緒は明らかに意識が混濁《こんだく》している。成仏したはずの兄が戻ってきて錯乱しているようだ。恐慌と絶望がもたらした、軽いトランス状態……怨霊に手出しされる可能性の極めて高い、危険な状況だ。

「美濃部さんが、今のままじゃ成仏は無理だって……お兄ちゃん、紺野さんがいる限りあの世に行けないって……だから私、決めたの。紺野さんに死んでもらおうって。美濃部さんも、それがいい……って」

奈緒《なお》の独白に、美濃部《みのべ》が満足げに首肯《しゅこう》する。

「そういうこった。まずは邪魔者一人、排除完了だな」

その勝利宣言に怒りを募らせている暇はない。

翠《すい》はすぐさま孝巳《たかみ》の傍《かたわ》らにしゃがみ込み、改めて容態を確認した。が、手当てなど施しようもなかった。

ナイフを抜いていいのか？　駄目だ、臓器を傷付ける可能性がある。出血も増してしまうだろうし、そもそもこの傷では動かすことすら危険だ。だったら、どうすれば……！

（また失敗した……紺野《こんの》くんを当てにし過ぎて、取り返しのつかない失敗を……）

自分はいつから孝巳を戦力と見なしていたのか。敵との直接交渉という危険な役割を、どうして熟考もせず任せてしまったのか。彼ならきっと大丈夫……これまでの数少ない結果だけを見て、何故《なぜ》そんな過剰な信頼を押しつけてしまったのか。

視界が涙で歪《ゆが》む。冷静さを取り戻せない。総帥《そうすい》たる自分こそが、この場で一番しっかりしなければいけないのに！

「翠様。紺野様をお願いします」

孝巳を抱きかかえていた柘榴《ざくろ》が、彼の身をこちらへ預けてくる。

立ち上がった泣《な》き黒子《ぼくろ》の少女に、取り乱している様子はない。しかし、その痩身から発散される殺気はかつてないほど猛々《たけだけ》しく、今にも暴発しそうな様相だった。

「美濃部春喜《はるき》──無事では済みませんよ」

囁《ささや》いた声音《こわね》は氷のごとく冷たい。その瞳は深紅に染まり、無風にも拘《かか》わらず髪がザワザワとうねりを上げている。

「おっと、動くなよツインテール」

足を踏み出しかけた『首斬小町《くびきりこまち》』に、美濃部が鋭く制止の声を飛ばす。彼は奈緒を突き放すと、瑠璃《るり》だけを両手でガッチリと拘束し、不敵に笑ってみせた。

「テメェが強《つえ》ぇのはよく分かってるよ。でもな、二人いっぺんに助けられると思うなよ？向かってくれれば、人質のどちらかは必ず死ぬぜ。嘘《うそ》だと思うなら試してみな」

居丈高《いたけだか》に言い放つ美濃部の三メートルほど横で、奈緒が人形のごとく佇立《ちょりつ》している。傍《はた》目《め》には自由の身に見えるが、その後方では兄の怨霊《おんりょう》が恨めしげに彼女を睨《にら》んでいた。

柘榴の殺意が、微《かす》かに揺らぎを見せる。

美濃部が人質同士の距離を空けたのは、実に巧妙《こうみょう》だ。美濃部を攻撃すれば、その間に小《お》田切《だぎり》に妹を殺させるつもりだ。かといって奈緒を優先すれば、美濃部自身が瑠璃を殺すだろう。人質がどちらかでも死ねば、それはこちらの敗北も同然。

奈緒と瑠璃を奪われ、孝巳までもが死に瀕《ひん》している──最悪の状況だ。

「霊導師《れいどうし》だ？　舐《な》めんじゃねえぞ？　いくらテメェらが俺より強かろうと、やり方なんざあるんだよ。こういう駆け引きができねぇで裏稼業が務まるか」

勝ち誇る美濃部《みのべ》の手中で、瑠璃《るり》は先ほどからずっと押し黙っている。ダラリと両手を下げ、目を伏せ、まるで眠ったように大人しく拘束を受けている。

「おいツインテール。手始めにテメェ、服を全部脱げ。ストリップで俺を楽しませろ。そうすりゃ救急車を呼ばせてやる。早いトコ紺野《こんの》を病院に連れてかねぇと、小田切奈緒《おだぎりなお》が殺人犯になっちまうぜ？　ハハハハ！」

美濃部の言葉に、翠《すい》は不覚にもようやく「救急車を呼ぶ」という選択に気付いた。そうだ、救急車だ。早く、早く孝巳《たかみ》を病院へ——

その時。瑠璃が顔を上げたのが見えた。

刺された孝巳に悲鳴を上げたきり、魂が抜けたように脱力していた幼馴染《おさなな じ》みが、目をいっぱいに見開いてこちらを……孝巳を凝視していた。

「——紺野くん」

瑠璃の唇がそんな囁《ささや》きを発した直後。

突如として凄《すさ》まじいラップ音の連鎖が乱れ飛び、銀行が縦にズズンと揺れた。床が激しい地鳴りを起こし、銃声のごとき《空礫《からつぶて》》が空気をビリビリと振動させる。

美濃部が「何だ⁉」と惑乱《わくらん》の声を上げる。突然の異常事態だったが、それに狼狽《ろうばい》して瑠璃を手放すほど彼は愚かではなかった。

とどまることを知らない破裂音が次々と衝撃の波濤《はとう》を生み、四方のコンクリートに亀裂を刻んでいく。おびただしいヒビは壁や床を縦横無尽に蹂躙《じゅうりん》し、ついには美濃部の頭上の天井を崩落させるに至った。

「！」

驚倒した美濃部の体が、見えない何かに突き飛ばされるように投げ出される。寸前までいたその場所へ軽車両ほどもある瓦礫《がれき》が落下し、地面に激突して真っ二つに砕けた。

「しまった！　人質が――」

九死に一生を得た美濃部が、倒れたまま身をひねって振り向く。

やや離れた場所に立っていた奈緒は、被害を受けることなく相変わらず棒立ちのまま。一方、逃げ遅れコンクリートの下敷きとなったかと思われた瑠璃は……すでにそこにはいなかった。

美濃部と同時に、瑠璃もまた動いていた。彼女は天井の決壊など一顧だにせず、こちらへ目掛け一直線に駆け出していたのだ。

敵から脱した瑠璃が瞬く間に到来し、翠の腕に横たわる孝巳を覗《のぞ》き込《こ》んでくる。すがりついて泣きじゃくるのかと思いきや、迅速に自身のコートの袖を捲《まく》り出《だ》す。

「瑠璃……？」

「翠、動かしちゃ駄目だ」

ピシャリと言い放ち、丹念《たんねん》に孝巳の傷口を確認している。その口調は紛《まぎ》れもなく、いつもの有働瑠璃《うどうるり》のものだった。

「貴女《あなた》、まさか……」

霊瘧《れいぎやく》が治ったのか。「笑い」にさえ反応しなかった深い眠りが、「孝巳《たかみ》の危機」を引き金に一瞬で覚醒したというのか。

戸惑う翠《すい》に目もくれず、瑠璃がペタペタと孝巳を触診し始める。しばしそんなことを繰り返した果てに、瑠璃は出し抜けに「何だこりゃ」と素《す》っ頓狂《とんきょう》な声を上げた。

目をいっぱいに見開き、血に濡《ぬ》れた自分の掌《てのひら》をじっと熟視している。そして次の瞬間、彼女はあろうことか——その手をいきなりペロリと舐《な》めた。

「甘くてシュワシュワする。コーラだ」

「コ、コーラ?」

瑠璃が発したセリフに、思わずオウム返しをする。柘榴《ざくろ》もこちらを振り返ったまま、満面に困惑を浮かべていた。

……と、翠の腕の中で孝巳がノソリと動いた。

危篤《きとく》状態の彼がパチリと目を開け、おもむろに上体を起こす。胡座《あぐら》をかいたまま深い息を吐くその姿は、とても重傷者には見えなかった。

「ふう。死ぬかと思ったぜ」

「…………」

何が起こっているのか分からない。それは柘榴も瑠璃も、美濃部《みのべ》すら同じのようだった。

一同が唖然《あぜん》と見守る中、孝巳がよっこらせと立ち上がる。すかさず瑠璃も腰を上げ、謎の復活を遂げた相方の前に回り込んだ。

翠は未《いま》だ混乱し、ペタンと座り込んだまま動けずにいる。放心して見上げた孝巳の胸には、やっぱりナイフが刺さっていた。

「な、何だテメェ……何で立てるんだ」

全員の意見を代表して尋ねたのは、皮肉にも美濃部だった。しかしそれには同意するしかない。彼の言う通り、動けるはずがないのだ。

「紺野《こんの》くん、どうして……」

辛《かろ》うじて吐き出した翠の呟《つぶや》きに、孝巳はナイフを引き抜きつつ答えてくる。

「怪我《けが》はしてないよ。ギリギリのところで刃は防げた」

「防げ、た……?」

そんなはずはない。ナイフはどう見ても彼の胸に突き立っていた。まさか、懐に分厚い雑誌でも入れていたというのか?

まるでゾンビを見るかのような注目を受けながらも、当の孝巳は呑気《のんき》にカッパ少女へ笑いかけている。

「それより有働、やっと治ったか。心配かけやがって」

スイッチョン、と額を突いてきた少年に、瑠璃《るり》が仏頂面で言い返す。

「私のことより君のことだ。刺されたのに何で平気なんだい？　ちゃんと死にたまえ」

「復活早々に毒吐くんじゃねえ」

嘆息《たんそく》しながらナイフをポケットに押収し、孝巳《たかみ》が続いてコートの胸元へ手を入れる。

「こいつのお陰だ」

間もなく懐から取り出された物体は、細長いプラスチックの容器——ジュースのペットボトルだった。

いつの間に調達したのかは不明だが、自販機やコンビニで売っているごく普通のペットボトルだ。側面に穴が空き、中身がほとんどなくなっているのは、そこにナイフが刺さったからだろう。

「上手《うま》くいくかは不安だったが、買っておいて正解だったな」

「ツッコミのくせに、豪快なボケはやめたまえ。そんな物でナイフが防げるもんか」

「そりゃこのままじゃ無理だよ。だから、甲羅にした」

その言葉に、全員が同時に「は？」と声を裏返す。

「亀の甲羅ってのは、盾に使われてたくらい固いらしいぜ。やっぱり万一の備えってのはしておくもんだな」

そこまで説明されれば、もう充分だ。彼は、【言替《ことかえ》の儀《ぎ》】を使ったのだ。

コーラを甲羅に――孝巳は奈緒《なお》のナイフに気付いた刹那、いや、もしかしたらその少し前から、密《ひそ》かに言替を行っていたのか。そのあと奈緒が痛そうに手を押さえていたのは、甲羅の固い手応えのせいか。

「必死こいて修行した甲斐《かい》があったよ。まあ、替えられるのは五秒ほどだけど」

孝巳がペットボトルの蓋《ふた》を、頭にチョコンと乗せてみせる。一拍遅れてそれは見る間に膨張し、やがて野球の帽子に変わった。

「キャップとキャップだね」

ポンと手を叩《たた》いて答えた瑠璃に、孝巳が頷《うなず》いてみせる。帽子はすぐに元の蓋へと戻り、彼の頭から転がり落ちた。

――言替の発動が速い。以前に見たときは、数分はかかっていたのに。

「ハジキのときに何となくコツを掴《つか》めたんだ。まだ模索段階だけどな」

「……何てことなの」

信じられない成長速度だ。彼は夏頃《ごろ》までは、何の霊能も持たない一般人だったのだ。もしかして紺野《こんの》孝巳という少年は、翠《すい》が思っている以上に優秀な霊導師《れいどうし》になるかもしれない。寄せた信頼は過剰ではなかったのかもしれない。そういえば、あの気難しい祖父も珍しく相好《そうごう》を崩して言っていた。「あの坊主は鍛えれば物になる」と。

「やっぱり今すぐ婿《むこ》養子に来てもらおうかしら……」

思わずそんな独り言が口をつく。

「やっぱり家に連れ込んで、既成事実を作っておくべきでした」

離れた場所から、同様に柘榴《ざくろ》のそんな独り言が聞こえてきた。

4

自身が無事だった理由を説明し終えると、孝巳《たかみ》の前で瑠璃《るり》が仕切り直すように頬《ほ》っぺたをペチペチ叩《たた》いた。「さて」と美濃部《みのべ》へ向き直り、ジロジロと無遠慮に観察を始める。

その姿に、もはや臆病な影はどこにもない。一度だけ奈緒《なお》と小田切《おだぎり》にも短く視線をやったカッパ少女は、美濃部へと鷹揚《おうよう》に尋ねかけた。

「で、君はどちらさんだい？」

「く……」

「なかなか興味深いヘアースタイルだ。それ、セットにどれくらいかかるんだい？　空気抵抗とかないのかい？」

美濃部の顔に当惑が張りついている。

無理もない。さっきまでチワワのごとく震え上がっていた少女が、何だかやたら偉そうな態度に豹変《ひょうへん》したのだから。

（可愛《かわい》い有働《うどう》も見納めか……）

色々と気を揉《も》まされたが、こうなれば勝敗は決したも同然だ。

もはや瑠璃はこちらの弱みではなく、むしろ強みと言っていい。加えて美濃部は、瓦礫《がれき》を回避した際に足首をひねったのか、未《いま》だその場に座り込んでいる。人質を分けたのが災いし、今や奈緒とも距離を隔ててしまった。

この戦局を覆すだけの力も、策も、もう彼には残っていないだろう。

「それにしても、小田切くんが成仏していなかったとは驚きだ。紺野《こんの》くん以外にも、未練がましい人間がいたってことかな？」

瑠璃の言葉に、小田切が気圧《けお》されたように妹の背中から少し下がった。しかし完全に離れようとはせず、憤怒《ふんぬ》の眼光は彼女の後頭部に向けられたままだ。奈緒がまともな精神状態にない以上、不用意に近付くのは危険に思える。

（酷《ひど》いことしやがって……）

小田切の怨霊《おんりよう》を、再び奈緒に返す……美濃部がその暴挙に出た可能性は、彼女の様子がおかしかった時点で疑っていた。すんでのところで言替《ことかえ》が間に合ったのも、そのお陰だ。

「小田っちのことも気になるけど、それより」

そんな小田切兄妹を無視して、瑠璃の眸子《ぼうし》はひたすら美濃部を捉え続ける。いや、よく見ると彼ではなく、その背後にある暗闇《くらやみ》に目を凝らしているようだった。

「君、見たところ怨霊《おんりよう》を三体憑《つ》けてるね。老人と子供、それに消防士さんの霊かな？」

美濃部《みのべ》が足首を押さえたまま、僅かに身じろぎする。

彼のストックしている怨霊は、小田切《おだぎり》を入れて三体だったはずだ。用心深いこの男は、穴埋めとしてさらなる一体を補充していたのか。

「その三体が落ちてきた瓦礫《がれき》から助けてくれたようだね。もしかして君、それが分かってて複数の怨霊を憑けているのかな？」

その質問に答えたのは、気を取り直して立ち上がった長髪の霊導師《れいどうし》だった。

「彼は美濃部春喜《はるき》。与霊師《よれいし》よ」

瑠璃《るり》が目を眇《すが》め、「与霊師？」と復唱する。

「彼の目的は貴女《あなた》よ。そのために小田切奈緒《なお》さんを人質にして、私たちを呼び出したの」

「私が目的？」

「弟子入りしたいそうよ。貴女に」

「……なるほど、そういうことか」

瑠璃が何かを納得したように、頭のカッパごと首肯《しゆこう》する。やおら小さな胸をグイと張ると、彼女は美濃部に向けて滔々《とうとう》と語り出した。

「美濃部くんといったね。君はボケとツッコミ、どっちなんだい？」

返事はない。が、瑠璃は構わず話を続ける。

「君の相方がどんな人間かは知らないけど、キャラの差別化はちゃんと図っておいた方がいい。舞台に並んで立ったとき、見た目の分かりやすさというのは割と大事なんだ。その点、君の髪型は個性的だから、相方は別の部分に特徴を持たせるべきだろう」

「………」

「そうだ。おデブがいい。相方をおデブにしたまえ。天津甘栗が好物で、いちいち君のツンツン頭を栗に見立ててくる……というのはどうだろうか」

明らかに何かを誤解している少女に、孝巳《たかみ》は「ちょっと待て」と横槍《よこやり》を入れた。

「あいつは漫才の弟子入りがしたいわけじゃない。多数の怨霊を制御する方法を教わりたいんだよ」

「怨霊の制御？　おデブの制御じゃなくて？」

「俺の知る限り、あいつのツレにデブはいねえ」

「怨霊の制御、ね……そんなの簡単だよ。ただボケればいいんだ」

「は？」

「怨霊というのは、強い『負の情念』で凝り固まった存在だ。ならばそれに対抗できるのは『正の情念』――すなわち笑いだ」

地面の美濃部が呆気《あっけ》に取られている。見ると、翠《すい》と柘榴《ざくろ》も呆気に取られていた。

「笑う門には福来る、というだろう？　あれは真実だよ。簡単に言うと、陽気で陰気を封じるのさ。幽鬼《ゆうき》専門の霊導家である我が有働《うどう》も、『一日百笑』を家訓としている」

あれって、そんな深い意味があったのか。

「怨霊《おんりよう》なんて何体憑《つ》けていようと、マイナスを超えるプラスのエネルギーがあれば抑えられる。祟《たた》る人間に手を出せない以上、せいぜい彼らにできるのは互いを邪魔することくらいだ。霊障《れいしよう》の相殺《そうさい》なんて、その程度の理論だよ」

怨霊師の面妖《めんよう》な講義が、ガランとした室内に響く。

美濃部《みのべ》は返す言葉もなく、ただ虚脱《きよだつ》して瑠璃《るり》を凝視していた。形はどうあれ、彼は念願の「怨霊制御の方法」を聞き出すことができた。が、それが「ボケろ」の一言では堪《たま》ったものじゃないだろう。

「分かったかい？　だから美濃部くんの弟子入りは、お笑いで合ってるんだ。滑ることを恐れてはいけない。笑いのツボなんて人それぞれだ。そのボケがハマる人は、きっとどこかに必ずいる！　どんなに小さな笑いでも、積もれば莫大《ばくだい》なプラスエネルギーとなる！　勇気を持つんだ美濃部くん！」

「…………」

「さあ、涙を拭いて立ちたまえ！」

「あいつ泣いてないぞ」

何やら勝手にヒートアップし出したカッパ少女に、孝巳《たかみ》はとりあえず突っ込んだ。……

病み上がりなのに元気な奴《やつ》だ。

「よし美濃部くん。特別に小遊三の落語のＤＶＤを貸してあげよう。取ってくるから待っていたまえ」

鼻息も荒く駆け出した瑠璃の襟首《えりくび》を、すかさず翠《すい》が引《ひ》っ掴《つか》まえる。

「放すんだ翠。すぐに戻る」

「いいからここにいなさい。貴女《あなた》は霊瘧《れいぎゃく》が治ったばかりなのよ」

「霊瘧？　私が今さらそんなものにかかるもんか。あれは子供の病気だ」

「しこたまかかっていたわ」

「嘘《うそ》だね。君は知らないんだ。私のオマタにも、やっと大人の証である産毛が……」

そこに今度は柘榴《ざくろ》が割って入る。

「瑠璃様、ご自重を。今はそのような暴露をしている場合ではありません」

「フンだ。ボーボーの柘榴には、この感慨が分からないんだ」

「る、る、瑠璃様！　この三塚《みつづか》柘榴、決してそこまで毛深くは……」

「翠だってそうだ。尻尾《しっぽ》まで毛むくじゃらとは、どういうことだい」

「それ牙穿《がせん》でしょう！　鴫原《しぎはら》家は代々薄毛よ！　それはお爺《じい》様の頭を見れば――」

「お前ら！　もういいっての！」

堪《たま》りかねて孝巳が怒声を飛ばした、まさにその瞬間――

「ぐわあぁぁぁぁ！」

美濃部《みのべ》の凄《すさ》まじい絶叫が室内に轟《とどろ》き渡《わた》った。

孝巳《たかみ》たちの視線が、一斉に前方へ注がれる。そこに、のたうち回って悶絶《もんぜつ》している美濃部の姿があった。

「美濃部……？」

口から盛大に泡を吐き、激しい痙攣《けいれん》を繰り返している。狂ったように喚《わめ》き続けるその声には、幾重《いくえ》もの叫びがまるでコーラスのごとく折り重なっていた。

少し離れた場所では、いつしか奈緒《なお》がうつ伏せに倒れていた。その背中に兄の怨霊《おんりょう》はいない。いない？　まさか——

孝巳の危惧《きぐ》を裏付けるように、柘榴《ざくろ》が苦々しく呟《つぶや》いた。

「小田切《おだぎり》様を再び憑《つ》けたことで、許容範囲を超えてしまったようです」

やはりそうか。逃亡すら不可能な窮地《きゅうち》となった彼は、半ば博打《ばくち》でまた小田切を自分に憑けたのか。だが、美濃部の制御できる怨霊は……おそらく三体が限界だったのだ。

（あの馬鹿、最後まで意地張りやがって……！）

苦悶《くもん》の重唱が響く中、翠《すい》が訝《いぶか》しげに美濃部を見据えている。いつしか彼女の肩と足下には、見慣れた二匹の獣霊《じゅうれい》が侍《はべ》っていた。

「それにしても妙ね。たった四体の怨霊の暴走にしては、霊気がやけに強いわ。この嫌な感覚、どこかで……」

一同が警戒を募らせる中、カッパ少女だけが平然と一歩進み出た。

「ここは私が請け負うよ。彼が与霊師《よれいし》だと言うなら、後始末は私がしないと」

与霊師とは、瑠璃《るり》が確立した「霊障《れいしょう》の相殺《そうさい》」という手法によって生まれた存在だ。彼女もそれを承知しており、意外にも責任を感じているらしい。

「なに、怨霊四体なんて六黒《むくろ》っちの敵じゃないよ。小田切くんの成仏だけは、紺野《こんの》くんに任せる……ということでいいよね？」

こちらにニヤリと笑いかけ、瑠璃がいつものようにカッパへアピンをむしり取る。

それが瑠璃のスイッチ。彼女が霊能を発動させる合図。室内に飽和するこの害意に満ちた霊圧は、幽鬼《ゆうき》たちを呼ぶ条件としては充分だろう。

だが――どうしたことか、いつまで経《た》っても六黒は現れなかった。

これまでなら瑠璃の体から瘴気《しょうき》の濁流が噴出し、それが異形の巨大骸骨《がいこつ》を形成するはずだった。が、ヘアピンを取った瑠璃には、何の変化も見られない。彼女自身、「ありゃ？」と首をひねっている。

こちらがもたついていると、不意に美濃部の断末魔が止まった。否《いな》、正しくは美濃部の声だけが止まった。

彼はもはやピクリとも動かず、白目を剥《む》いて昏倒《こんとう》している。

なのに未《いま》だ鳴りやむことのない怨嗟《えんさ》の重唱。

それを紡ぎ続ける者が、美濃部《みのべ》の背後にいた。その正体は、暗闇の中に山のごとくそびえる——巨大な異形だった。

……かつて何度も目撃した、本来なら瑠璃《るり》の背後にいるべき、六体の幽鬼《ゆうき》の統合体。黒骨化した、複数の腕を持つ、角を生やした禍々《まがまが》しい髑髏《どくろ》。

そいつが、前方にいた。不吉な赤黒い光を空洞の眼窩《がんか》に灯《とも》し、真《ま》っ直《す》ぐにこちらを睥睨《へいげい》していた。

「何で、六黒《むくろ》が……」

忘我に陥る孝巳《たかみ》の前で、瑠璃がムムムと腕を組む。

「参ったな、これは想定外だよ」

「ど、どういうことだ？」

「きっと私の制御が弱まっていたせいだ。六黒っちが、美濃部くんに浮気しちゃった」

瑠璃の言葉を理解するのに、孝巳は数秒の時間を要した。

六黒が浮気した——それはつまり、六体の幽鬼たちが瑠璃から離れ、美濃部に取《と》り憑《つ》いたということか？　彼の異常なまでの苦しみ方は、それが原因だったのか？

さらに不可解なことがもう一つある。七、八メートルほど先で威容《いよう》を晒《さら》している巨大骸骨は、その容貌が孝巳の知る六黒とは大きく違っていた。

まず、頭の数がやけに多い。正面の頭以外にも、よく見れば後方にいくつもの頭蓋骨が稠密《ちゅうみつ》している。腕も同じだ。こちらに至っては数えることも不可能なほど、両肩から脇下にかけて百足のごとくウジャウジャと生え出している。剥《む》き出《だ》しの肋骨《ろっこつ》は四方八方にそそり立ち、すでに骨格の役割を果たしていない有り様だった。

「紺野《こんの》くん。貴方《あなた》は下がっていて」

慄然《りつぜん》と立ちすくむ孝巳の脇を、二つの細い影が追い抜く。美しき二人の霊導師《れいどうし》は、そのまま瑠璃の両側に音もなく並んだ。

「霊瘧《れいぎゃく》にかかっていた瑠璃は、極端に邪気のない子になっていた。にも拘《かか》わらず霊感だけは無駄に強力だから、幽鬼には居心地が悪かったみたいね」

「制御が弱まっている隙を突いて、より憑きやすい祟り主《たたぬし》に目をつけた、ということですか。美濃部はこちらに対し、異常な負情念《いかり》を抱いていたようですから……私《わたくし》のせいかもしれませんが」

「見たとこ、頭が十個あるね。幽鬼くん六体と、怨霊《おんりょう》の四体かな？　とりあえず、あれを十黒《とぐろ》っちと名付けよう」

横一列になった少女たちが、順番にそんな所見を述べていく。

翠《すい》が獣霊《じゅうれい》たちに攻撃態勢を取らせる。一方で柘榴《ざくろ》もまた、すでに霊刀を携えていた。

「瑠璃《るり》、今の貴女《あなた》は丸裸も同然よ。ここは私たちに任せなさい」

「そうしたいのは山々だけど、ペットのおイタだからね……囮《おとり》になって注意を引きつけるから、まずは翠《すい》と柘榴《ざくろ》であの二人を救出してくれるかい？」

倒れている奈緒《なお》と美濃部《みのべ》を指差し、瑠璃がストレッチを始める。確かにあの二人は危険だ。あそこにいては、いつ巻き添えになるか分かったものじゃない。

「じゃあ早速取りかかろう。爆笑霊導シスターズ、出陣」

「御意」

「微妙なネーミングね……」

打ち合わせをまとめると、先陣を切って瑠璃が突貫した。

一瞬で六黒《むくろ》――いや十黒《とぐろ》の眼前に迫った彼女は、攻撃するのかと思いきや、異形の髑髏《どくろ》に向けて「おーい」と両手を振り出した。

「六黒っち！　戻ってきたまえ！　私の何がいけなかったんだ！」

無数の頭蓋骨が、眼下の少女を見る。その巨躯《きょく》はいつもと異なり、全体が蝋《ろう》のようにドロドロと溶け流れていた。暴走しているためか、統合が上手《うま》くできていないようだ。

「私に至らないところがあるなら直すから！　もう一度よく話し合おう！　安易に別れを結論にしちゃ駄目だ！」

「その説得で合ってるのか！」

思わず突っ込んだ途端、正面の頭蓋骨だけがグルリとこちらを向いた。

……《喝破《かっぱ》》が効いている。だったら孝巳《たかみ》にもバックアップくらいは可能だ。

（よし、動きを封じてやる！）

霊力を練るまでもない。ただツッコミを飛ばすだけでいいなら楽なものだ。幸いこっちは、ボケには事欠かないのだから。

「よりを戻そう！　不義理はやめるんだ！　女心を弄ぶと、ろくな死に方をしないよ！」

「もう死んでるだろ！」

一喝《いっかつ》するたびに、十黒が微弱に反応する。地面へ伸ばした数本の骨腕も、チョコマカ動き回る瑠璃に全く追いつけていなかった。

翠と柘榴がその隙に乗じて忍び寄り、それぞれ奈緒と美濃部を担ぎ上げる。有り余る十黒の腕はそちらにも迫ったが、二匹の獣霊《じゅうれい》によってことごとく弾《はじ》かれ、砕かれた。

要救助者たちの保護を終えた二人が、即座に離脱へ移行する。駆け戻りつつ、彼女たちもまた孝巳の《喝破》を引き出すべく、巨大骸骨《がいこつ》に場違いな言葉を投げる。

「六黒様。瑠璃様がご不満なら、私《わたくし》などいかがでしょうか？　まだ初物ですが、それなりに床《とこ》上手であると自負して……」

「この期に及んで下ネタか！　いいから早く戻ってこい！」

「なら私はどうかしら。見ての通りGカップよ」

「だから何だ！　モテ過ぎだろあの骸骨《がいこつ》！」

声も嗄《か》れよと連発した《喝破《かっぱ》》が功を奏し、翠《すい》と柘榴《ざくろ》が無事に安全圏へと逃れる。

その様を見届け、瑠璃《るり》が「よし」と改めて十黒《とぐろ》を見上げた。

「救出完了だね。あとは十黒っちを袋叩《ふくろだた》きに──」

意気揚々と紡ぎかけた彼女の言葉が、そこで止まった。

異変を察知し、孝巳《たかみ》たちも十黒を窺《うかが》う。その瞬間、瑠璃が言葉をなくした意味を全員が悟ることになった。

赤黒く発光する無数の不吉な目。その眼窩《がんか》の下にあるボロボロに朽ちた歯列。

バクリと開かれたそのおびただしい口腔《こうくう》から──揃《そろ》って眩《まばゆ》い白光が漏れ出ていた。

戦慄《せんりつ》に背筋が凍る。全身から汗が噴き出す。まさか、あれは……

「まずい！　ゲロッ波《ぱ》だ！」

瑠璃の叫びが広い銀行内に響くと同時。

十の髑髏《どくろ》から、十の光芒《こうぼう》が、一斉に放射された。

5

十黒が吐き出した波動砲は、幸運にもその一つ一つは従来の威力に遠く及ばないものだった。頭部が十に分かれていることで、霊気も分散されたのかもしれない。

しかしそれは、あくまで比較論でしかない。全方位に向けて発された凶悪な砲撃は、廃銀行を破壊するには充分なものだった。

……今やそこは室内ではなく、半分以上が野外となっていた。

壁にいくつもの大穴が空き、ところどころ鉄骨が剥《む》き出《だ》しになっている。二階の一部は崩れ落ち、その向こうに夜空が顔を覗《のぞ》かせている。辺り一面は累々たるコンクリート片の山に埋もれ、霧のごとく粉塵《ふんじん》が立ち込めていた。

離れた場所に、翠と柘榴の姿が見える。彼女たちはボロ雑巾のようになりながらも、辛うじて奈緒《なお》と美濃部《みのべ》、そして自分自身を、十字砲火の嵐から守ることに成功していた。

孝巳もまた、頭上へ落下してきた瓦礫《がれき》から逃れ、怪我《けが》もなく立ち尽くしている。

事なきを得たのは、両手に抱いた少女のお陰だった。乱れ飛ぶ波動砲を縫《ぬ》って弾丸のように駆けつけてきた瑠璃は、タックルすることで孝巳をその直撃から救ってくれたのだ。

「有働《うどう》……」

腕の中で、瑠璃が眠ったように目を閉じている。外傷は見当たらないが、もつれ合って転がった際に頭を打ちつけたのかもしれない。

巨大骸骨は依然として、遠い前方で怨嗟《えんさ》をこぼし続けている。だが、今はそちらを気にしてはいられない。孝巳は一切の思考を放棄し、ただ呆然《ぼうぜん》と瑠璃の顔を見詰めていた。

（嘘《うそ》だろ……せっかく霊瘧《れいぎゃく》が治ったってのに、何でこんな……）

大体、こいつはどうして孝巳《たかみ》を助けたりしたのだ。自分の危険も顧みず、何故《なぜ》こんな無《む》茶《ちゃ》をしたのだ。……否《いな》、理由など分かり切っている。今では孝巳もそれを理解している。

コンビとは、一蓮托生《いちれんたくしょう》。二人で一つの運命共同体なのだ。

「紺野《こんの》、くん」

その時、瑠璃《るり》が微《かす》かに目を開き、弱々しく語りかけてきた。孝巳は慌てて腰を落とし、足場の悪い地面に彼女を横たえた。

「有働《うどう》！　しっかりしろ！」

「紺野くん、私はここまでだ……」

「馬鹿！　何言ってんだよ！」

「自分のことだから分かるんだ。今の攻撃で……タイツが伝線した」

「それは無傷と言うんだ！」

「病み上がりだからかな……実はさっきから眠気も尋常じゃない……」

「この状況で寝れるって、どんな肝っ玉してんだ！」

怒鳴りながらも心底ほっとする。よく見れば顔色も良いし、呑気《のんき》に欠伸《あくび》までしている。

もっと叱ってやりたかったが、無事でいてくれたことで帳消しだ。

「思えば私は、君を巻き込んでばかりだね。六黒《むくろ》っちはともかく、君にまで愛想《あいそ》を尽かされたら……私はどうしたらいいのかな」

「愛想なんて出会ったその日に尽きてるよ。そんな俺が、今でもお前の横にいる理由が分かるか？　それは、俺とお前が――」


「コンビだから」


期せずして声が重なった。

孝巳と瑠璃は、生きてきた環境がまるで違う。死者の霊に対する考え方も違う。正直、彼女の傍若無人《ぼうじやくぶじん》な振る舞いには本気で腹が立つこともある。

でも、それが有働瑠璃――紺野孝巳の選んだ相方だ。

翠《すい》や柘榴《ざくろ》も大切な仲間であり相方だが、やっぱりこいつは少し特別なのだ。

「紺野くん……こんな私でもいいかい？」

「ああ。お前はこれからも好きなだけボケてろ。俺が残らず突っ込んでやる」

「でも、君は最近ツッコミが単調だからね……私のボケが活《い》きないというか」

「何なら今ここで解散するか？」

そんな会話を交わしているうちに、翠と柘榴も集まってきた。彼女たちは油断なく十黒《とぐろ》を注視しながら、各々が保護した奈緒《なお》と美濃部《みのべ》を地面にそっと寝かせた。

「紺野《こんの》くん、この二人と瑠璃《るり》を連れて撤退して。あとは私と柘榴《ざくろ》で対処するわ」

「そんな状態でどうするんだ」

瑠璃の体当たりを受けた瞬間、獣霊《じゆうれい》たちが波動砲の直撃を受けて掻《か》き消《き》える様を孝巳《たかみ》は見ていた。

己が主をその身で守った禽踊《きんよう》と牙穿《がせん》は、もう彼女の傍《かたわ》らにはいない。霊である彼らが死ぬことはないのだが、甚大なダメージのために姿を保てなくなってしまったのだろう。

切り札を失ったのは、柘榴もまた同じだ。彼女は霊刀・昂大《こうだい》によって波動砲の一つを薙《な》ぎ払《はら》ったものの、代償にその武器を破壊されることになった。

霊気の塵《ちり》と化した生邪魔《いちじやま》が再び実体を取り戻すためには、一両日を要する……かつて柘榴自身がそう言っていた。

今の二人では、十黒《とぐろ》に対抗できない。が、まだここに一人——無傷の男がいる。

「俺がやるよ」

孝巳の宣言に、翠《すい》と柘榴が同時に息を呑《の》む。

「ば、馬鹿なこと言わないで！　貴方《あなた》一人で何ができるの⁉」

「紺野様、あまりに無謀です」

「私たちも倒すつもりはないわ！　応援を呼ぶまでの時間稼ぎをするだけよ！　月長《つきなが》なら、三十分もあれば来てくれるから！」

「あの異形は紺野《こんの》様の手に負える存在ではありません。どうかここはお退き下さい」

そんな彼女たちの非難にも、孝巳《たかみ》は引き下がらなかった。

「十黒《とぐろ》の奴《やつ》は、もう波動砲を撃てない。あれは一度撃ったらしばらくは使用不可だ。そうだろ有働《うどう》？」

瑠璃《るり》がコクリと頷《うなず》く。切れ長の瞳が、じっと意味ありげにこちらを見詰めていた。

「だったら何とかなる。時間稼ぎは必要ない。あの骸骨《がいこつ》は——俺が倒す」

実は口で言うほど自信があるわけじゃない。でも、仲間を置いて撤退するのは二度とゴメンだ。

それに、十黒を構成する霊の一体は小田切《おだぎり》だ。彼の始末を他者に委ねたら、孝巳の心には一生わだかまりが残る。その未練を抱えたまま再び彼の墓前に立つことはできない。

孝巳の不退転《ふたいてん》の決意を察したのか、腕の中で瑠璃が小さく息をついた。

「……分かった。紺野くんがそう言うなら任せよう」

「瑠璃！　貴女《あなた》までそんな……」

「翠《すい》。死者の魂は、引き留めた本人が還《かえ》すものだよ」

「で、でも！」

「君は紺野くんのことになると、どうも冷静じゃなくなるね。貴重な友達なのは分かるけど、御三家の総帥《そうすい》なら察してあげたまえ。小田切くんの霊導は、紺野くん自身の霊導でもあるんだ」

そう言って、瑠璃がまた欠伸《あくび》をする。そろそろ眠気の限界にきているらしい彼女は、最後の気力を振り絞ってツインテールの少女を呼んだ。

「柘榴《ざくろ》」

「はっ」

「君に一つ、頼まれて欲しいことがあるんだけど」

「何でしょうか瑠璃様」

「君の【甲霊《こうれい》の儀】で、紺野くんに武器を与えてもらえるかな？」

「ですが、兄は先ほどの攻撃で……」

そこで少女はニヤリと笑い、瑠璃色の瞳を悪戯《いたずら》っぽく光らせた。

「コーちゃんじゃない。武器なら――ここにある」


相談の末、十黒の退治には三人で当たることになった。

翠と柘榴が撹乱《かくらん》に回り、孝巳が切り札による一撃を叩《たた》き込《こ》む……彼女たちはその役割分担に最後まで難色を示したが、これだけは譲れなかった。

孝巳の手には今、一振りの日本刀がある。刀身が見事に瑠璃色の光を放つ、思わず見惚《みほ》れてしまうほど絢爛《けんらん》な業物《わざもの》だ。刃渡りはちょうどバットと同じくらい。少し細身だが偉そうに反り返った刃は、鋼鉄すら両断できそうなほど鋭利に研ぎ澄まされている。

ついでに言うと、鍔《つば》には見慣れたカッパ型へアピンが、ストラップのようにくっついていた。どういう原理でカッパが残ったのかは不明だ。

（まあ、有働《うどう》らしいっちゃ有働らしいけど）

孝巳《たかみ》たちの背後では、奈緒《なお》と美濃部《みのべ》が気絶したまま。その横に並んで猫のように身を丸めている瑠璃《るり》も、まるで死んでいるかのごとくピクリとも動かない。

それもそのはずだ。彼女は魂を抜かれているのだから。眠りに落ちたあと、柘榴《ざくろ》によって武器に転化された瑠璃の魂は、この手の中にある。意識を失ってもなお——彼女はこうして孝巳の傍《かたわ》らにいる。

痛み入るコンビ愛だ。そしてつくづく大した奴《やつ》だと思う。「困ったときは寝ろ」……あの愚にもつかないアドバイスを、まさか自ら実践してみせるとは。

「紺野《こんの》くん、本当に大丈夫なの？」

翠《すい》がまだ不安そうに、しつこく確認してくる。どうも先ほどのナイフ騒動で、必要以上の心配を与えてしまったらしい。

「今の貴方《あなた》が充分に信頼できる戦力なのは理解しているわ。でも絶対に無理はしないで。貴方の後ろには、私と柘榴がいる」

「ああ、分かってるよ」

力強く頷《うなず》いてみせると、続いて柘榴が革手袋を填《は》め直しながら微笑《ほほえ》みかけてくる。今や自身の任務遂行に意識を切り替えたらしい彼女は、総帥《そうすい》よりもよっぽどプロフェッショナルに見えた。

「紺野様も、いよいよ霊導師《れいどうし》として本格的にデビューですね」

「霊導師、か」

「どうぞ肩の力を抜いてお臨み下さい。変にテクニックに頼らず、あまり一点ばかりを攻めず、何よりムードを大切に……」

「ブレないよな、お前は」

苦笑で応えた直後、周囲に漂う瘴気《しょうき》がうねった。

十面の髑髏《どくろ》が、地響きを伴ってこちらに向かってくる。鬼哭啾啾《きこくしゅうしゅう》と怨嗟《えんさ》を撒《ま》き散《ち》らし、無数の骨腕を蠢《うごめ》かせ、牛歩のごとく距離を縮めてくる。

「よし、行——」

戦いの号令を発しかけるや否《いな》や。

右手から日本刀がスルリと抜けた。

「あっ？」

孝巳の手を離れ、刀がそのまま中空へとフワフワ浮上していく。瑠璃色の魂はやがてピタリと制止すると——一気にグルグル回転しながら十黒《とぐろ》へ飛んでいった。

「ちょ、ちょっと紺野《こんの》くん⁉」

「何事ですか紺野様っ？」

両脇から困惑の声が上がったが、それは孝巳《たかみ》が訊《き》きたかった。

猛然《もうぜん》と自転を続け、日本刀が一直線に巨大骸骨《がいこつ》へと迫る。凶刃の大車輪はその勢いに任せ、たちまち十黒《とぐろ》の全身を手当たり次第に破壊し始めた。

砕け散った骨片が、宙で蒸気のごとく霧散していく。堪《たま》らず髑髏《どくろ》の前進が止まる。

もしやこれは、意思の暴走か？　自分もこの一戦に参加したいという瑠璃《るり》の無駄な意欲が、その強力な霊感のせいで先走っているのか？

「コラ有働《うどう》！　戻ってこい！　そんなザマになってまで目立ちたがるんじゃねえ！」

慌てて大喝すると、無差別攻撃を繰り広げていた日本刀が弧を描いて帰還してきた。未《いま》だ戦意が収まらない様子の霊刀は、戻ってくるなり、今度はその峰で孝巳の頭をボカボカ打ちつけ出した。

「痛《い》ででで！　俺だよ俺！」

「何やってるの貴方《あなた》たち！　紺野くん、ちゃんと瑠璃を制御なさい！」

翠《すい》の叱責に、刀が止まる。が、それは単に攻撃の矛先を変えただけだった。

どやしつけてきた長髪の少女に、日本刀がにじり寄っていく。そのまま翠のスカートの裾を切っ先で引っかけ、しきりに捲《まく》り上《あ》げようとする。

「きゃあ！　や、やめなさい瑠璃！　こんなことしている場合じゃないでしょう！　ちょっと、やめ……見えちゃう！　見えちゃうからあ！」

「瑠璃様！　どうかお鎮《しず》まり下さい！　敵が目の前に迫っているのですよ！」

引《ひ》き剥《は》がそうと取りすがった柘榴《ざくろ》の胸を、刀が「うるさい」と言わんばかりに柄尻でグリグリ突っつく。柘榴が「ひゃうっ」と、らしくない悲鳴を上げた。

「瑠璃様、あっ……どうか、んっ……おやめ下さい、くふっ。瑠璃様！　いい加減になさらないと怒り、あ……そこ好き」

「もうボケはたくさんだ！　頼むから真面目《まじめ》に戦闘してくれ！」

渾身《こんしん》のツッコミを放ち、粗相の限りを尽くす日本刀を引《ひ》っ掴《つか》む。なおもブルブル暴れる刀身を腕力でねじ伏せると、構わず地を蹴る。

「先に行ってるぞ！」

脱力してへたり込んでいる『鵺御前《ぬえごぜん》』と『首斬小町《くびきりこまち》』を残し、孝巳は十黒に突進した。

6

瑠璃のデタラメな先制攻撃を受けた十黒は、さっきより幾分マシな姿になっていた。

頭と腕が砕かれ、その数が半分以下に減っている。胴体の各所に穴が空き、内部からどす黒い瘴気《しょうき》が漏れ出ていた。

迷いなく至近距離まで走り込んだ孝巳《たかみ》に、残った骨腕が次々と降ってくる。その暴風雨のごとき乱舞を、反復横飛びするように右へ左へかわす。霊力によって高まった五感と身体能力が、いつもより冴《さ》え渡《わた》っている気がした。

(行ける!)

根拠はないが、確信があった。異形の怪物を前にしながらも恐怖はなかった。

手早く片手をポケットに突っ込み、中に入れていた物を鷲掴《わしづか》みにして引き抜く。家の近所で拾ってきた落ち葉だった。

「食らえ!」

種類の異なる木の葉たちに思念を注ぎ、襲来する骨腕へ向けて投げつける。

直後、頭上で無数の爆発が起こった。

十黒《とぐろ》の腕が次々と弾《はじ》け飛《と》び、衝撃を受けた肋骨《ろっこつ》の鎧がボコリと陥没《かんぼつ》する。思わぬ痛手を受けた髑髏《どくろ》たちが、口々に重低音の咆哮《ほうこう》を上げる。……予想以上の威力だった。

一旦ブレイクすべくバックステップを踏んだ孝巳の両脇に、翠《すい》と柘榴《ざくろ》が遅まきながら駆けつけてくる。彼女たちは驚愕《きょうがく》の表情で、揃《そろ》ってこちらを瞠目《どうもく》していた。

「紺野《こんの》くん、今のはまさか……」

「ああ、言替《ことかえ》だよ。『葉っぱ』と『発破』だ」

もしものために用意してきたが、美濃部《みのべ》に使わなくてよかった。これほど物騒な言替になるとは思っていなかったのだ。

「ついでにこいつも試してみるか」

今度はポケットから折り鶴たちを取り出し、巨大骸骨《がいこつ》の足下にポイポイと投げ込む。

瞬く間に「鶴」が「蔓《つる》」と化し、天へ昇るように漆黒の骨体に絡みついていく。いくつかの蔓は引き千切られたが、大部分の腕を封じることに成功した。

「凄《すご》い……完全に素質が開花したわね」

「少し寒気すら感じてしまいます。いつの間にここまでの域に……」

震撼《しんかん》する二人に向けて檄《げき》を飛ばす。話は十黒を倒してからだ。

「チャンスだ！　刀を叩《たた》き込《こ》んでやる！　フォロー頼むぞ！」

二人が同時に「はい！」と返してきた。何故《なぜ》か翠までがそう言っていた。

彼女たちが二手に分かれて疾走《しっそう》し、両サイドから骸骨の背後へと回り込む。すぐに合流した二人は、そのまま鉄柱のごとき極太の背骨に向けて、同時に蹴りを放った。

支柱を破壊された十黒が、グラリと前方に倒れ込んでくる。

孝巳はすでに刀をバットのように構え、その深黒の髑髏を迎え撃っていた。

(行くぞ。気合い入れろよ有働《うどう》！)

心で叫ぶと、応えるように日本刀がひときわ強い輝きを発し、いきなり刀身がバラリと広がった。扇状に拡張したそれは、もはや刀ではなく——いわゆるハリセンだ。

何でこの状況で……と思った矢先、柄を握る両手に何やら振動が伝わってくる。

トントト、トトトト、トントン。

トントト、トトトト、トントン。

そんなリズムの繰り返しだった。これは瑠璃《るり》の魂の鼓動か。いや——

「長寿番組《スマイルポイント》のテーマじゃねえか！」

裂帛《れつぱく》の雄叫《ツッコミ》びと共に、自身の相棒をフルスイングする。

刹那《せつな》、鍔《つば》にぶら下がったヘアピンが瑠璃色に変色したのが分かった。《喝破《かつぱ》》にカッパが呼応したのだ。

膨大な霊力の渦を帯びたハリセンの一閃《いっせん》が、眼前に肉薄した巨大骸骨《がいこつ》を一文字《いちもんじ》に打つ。

パァン！　という乾いた打撃音が響き渡った瞬間。勝利は決した。

孝巳《たかみ》の一撃によって、十黒《とぐろ》は蒸発するようにその姿を消してしまった。

異形の怪物が去った場所に残されたのは、今にも消滅しそうな四つの人影……美濃部《みのべ》が憑《つ》けていた怨霊《おんりよう》たちだ。

どの霊も透過が著しく、もはや視認できるのは上半身のみとなっている。放っておけばこのままあの世へ行ってしまうのかもしれない。しかしそれでは、彼らが不憫《ふびん》過ぎる。

生者のワガママで勝手に引き留められ、その魂を悪事に利用されかけた故人たち……彼らは丁重に送り還《かえ》されるべき存在だ。本当は引き留めた本人がそれをするのがベストなのだろうが、もうそんな猶予《ゆうよ》はない。

「紺野《こんの》くん、小田切《おだぎり》さんをお願い。残りの霊は私たちが霊導するわ」

翠《すい》の言葉に謝意を示し、かつてのチームメートに歩み寄る。

その表情は見て取れない。今の小田切は、辛《かろ》うじて輪郭を確認できるだけが精一杯の姿だった。

「小田切——待たせたな」

色々とゴタついてしまったが、これで奈緒《なお》との約束を果たせる。妹の本当の意思を届けることができる。

すでに脳内には、先ほどから奈緒の声が響いている。孝巳《たかみ》が彼女から直接聞いた、兄への思いの発露が。

——私は、優しいお兄ちゃんが好きだったから……

——怨霊《おんりょう》のお兄ちゃんなんて、見ていたくなかったから……

——お兄ちゃん……ごめんなさい。

どこにでもある、些細《ささい》な兄妹喧嘩《きょうだいげんか》だったのだろう。でも、それが最後の会話となってしまったことを、奈緒はずっと悔いてきた。その無念が、兄の魂を引き留めてしまった。

小田切の怨念は、奈緒自身の後悔。彼女が自分を責め続けてきた証《あかし》。兄弟のいない孝巳には分からないが、もしも二人が逆の立場だったとしたら……小田切は同じように妹の魂を引き留めてしまっていたのではないだろうか。

だから、ちゃんと仲直りしよう。普段のあるべき二人に戻ろう。

……いつしか掌《てのひら》には、煮え滾《たぎ》る灼熱《しゃくねつ》のボールがあった。

それを下手投げでヒョイと小田切に投げよこすと、《言霊球《コトダマ》》は彼の胸へと吸い込まれるように融解《ゆうかい》していった。

——奈緒——

ふと、懐かしい声が耳朶《じだ》を打つ。紛《まぎ》れもなく小田切の声だった。

——こっちこそ、ゴメンな奈緒——

全身を包む淡い光の中で、小田切の視線が遠い何かを見詰めている気がした。

その先には、果たして倒れている奈緒がいる。彼女の体が微《かす》かにピクリと動いたのは、兄の声が聞こえたからか。

——元気でな、奈緒——

再び振り返ったときには、小田切は消えていた。見上げると、砂金のようにキラキラと輝く光の微粒子があった。

ゆっくりと空へ消えていくその霊気の欠片《かけら》に向けて。

孝巳《たかみ》は万感の思いを込め、軽く手を振った。

翠《すい》たちが残る霊を成仏し終えると、とりあえず瑠璃《るり》たちの元へ戻ることにした。

霊刀を柘榴《ざくろ》に返し、瑠璃の魂を肉体に戻してもらう。その傍《かたわ》らでは翠が携帯電話を耳に当て、どこかへ連絡を取っていた。119番にかけているのかと思ったが、どうやら相手は月長《つきなが》のようだ。

「月長、屋敷にいる？　すぐに車を回して。あと、廃銀行が倒壊してしまったから、警察と市長に根回しをお願い」

周到なことに、月長を屋敷に待機させていたようだ。あの人、相変わらず便利に使われてるな……と、孝巳は密《ひそ》かに同情した。

「いい？　十五分で来るのよ？　……人使いが荒いとは、誰のことを言っているの？　銀行は私が壊したんじゃないわ、ちょっと想定外の事態が重なって……月長！　それ以上言ったらベンツをボコボコにするわよ！」

次第に語気を荒くしていく翠を眺めていると、不意に足下で瑠璃が「う～ん……」と寝返りを打った。

無事に魂が戻ったらしい彼女が、目をこすりながらムクリと上体を起こす。寝ぼけ眼でキョロキョロと辺りを見回し、最後に孝巳を見上げてくる。

「……終わったのかい？」

「ああ。小田切《おだぎり》はあの世に還《かえ》ったよ」

「そうか。うむ、ご苦労」

「それから、お前には色々と言いたいことがある。まず俺の頭のタンコブについてだ」

頭頂部を摩《さす》る孝巳をよそに、瑠璃が携帯を取り出して画面を見る。ややあって深く嘆息《たんそく》すると、彼女は口をへの字にして猫っ毛をポリポリと掻《か》いた。

「やっぱりもう二月か……一月下旬から今日までの記憶が、私には全くない。信じ難いけど、本当に霊瘧《れいぎやく》にかかっていたんだね」

「お前、えらいことになってたんだぞ。扱いにくいったらなかったよ。なあ三塚《みつづか》」

柘榴に同調を求めると、彼女は「はい」と苦笑混じりに肩をすぼめた。

「やはり我らが瑠璃様は、おボケになられている姿が一番でございます」

そうこうしていると、電話を切った翠も寄ってきた。

「珍しく月長が、瑠璃のことを心配していたわ。霊瘧を治すには、特上寿司《すし》を食べさせると良いみたいって嘘《うそ》をついたら、明日にでも連れていくと言っていたわよ」

「本当かい？　だったらまだ霊瘧にかかってる振りをしておこう」

「明日はお寿司パーティーですね。私《わたくし》は年末に食べ損ねてしまいましたので、非常にラッキーです」

「お寿司《すし》なら、そんなにカロリーはないはず。きっと食べても太らないはず……」

キャイキャイと盛り上がる美少女たちに、複雑な思いで腕を組む。月長《つきなが》の有り金がまた食い潰されていく。とことん貧乏クジを引く人だ。『お笑い研究会』の会計役は、実はあの人なのかもしれない。

……それから間もなく。とりあえず表通りに移動するため、翠《すい》が奈緒《なお》を抱え上げた。ならばと美濃部《みのべ》に近付いた孝巳《たかみ》を、すかさず瑠璃《るり》が呼び止める。

「待ちたまえ。君は私を抱っこするんだ」

「いや、組み合わせからして俺は美濃部だろ」

「美濃部くんは柘榴《ざくろ》に任せる。君は私だ。いいよね柘榴?」

「はあ。私《わたくし》、このセクハラ男には少し怒っているのですが……生邪魔《いちじゃま》だけ連れていっては駄目でしょうか」

「駄目だろ!」

直ちにツッコミを飛ばすと、柘榴は渋々と美濃部の襟首を掴《つか》んだ。そのまま引きずっていくつもりらしい。

瑠璃がこちらへ両手を伸ばしてきたので、やむを得ず抱き上げる。霊瘧《れいぎゃく》の頃《ころ》の恥じらいは微塵《みじん》も残っていないようだった。

「それじゃあ、よろしく頼むね紺野《こんの》くん。いや——孝巳くん」

「た、孝巳？」

はたと彼女の顔を見ると、瑠璃色の瞳が嬉《うれ》しそうに孝巳を見返していた。

7

「さて紺野孝巳くん、君に質問だ。今日が何の日か知っているかい？」

「……ああ」

「二月十四日、すなわちバレンタインデーだ。さあ、貰《もら》ったチョコの数を言いたまえ」

「く……」

「繰り返す。貰ったチョコの数を言いたまえ」

「…………ゼロだ」

「義理チョコも入れていいよ。さあ、貰ったチョコの」

「ゼロだっつってんだろ！　チョコなんか一つも貰ってねえよ！」

「よし分かった。ここ数日で貰った物なら何でもいいことにしよう。ティッシュでも、チラシでも、病気でも」

「どつき回すぞ！　ゼロだよ！　何一つ貰ってねぇよ！　悪いかっ？」

「オーマイブッダ。やはりゼロなのかい。でもご安心あれ。それを見越して我々『お笑い研究会』の三女神が、君の分をちゃんと用意してきた」

「えっ、マジか？」

「じゃあまず私から渡そう。はい」

「き、金属バット……？」

「ウチのクラスの江田島《えだじま》くんが狙い目だ。三つもチョコを貰《もら》っていた」

「…………」

「襲って奪ってきたまえ」

「退学になるだろうが！　ていうか逮捕だ！」

「……どういうこと？」

「どういうことってどういうことだよ！」

「気にすることないよ。私の調べでは、江田島くんにはすでに彼女がいる。他の女子からチョコを貰うのは、二人の未来を考えても決して良いことじゃない。ならばチョコの強奪は、彼らの愛を壊さぬための必要悪……そう思うのは私だけだろうか」

「お前だけだ！」

「とまあ、それはともかく。実はちゃんとチョコを用意してるんだ。はいどうぞ」

「あれ？　これって結構マジな感じのチョコじゃ……」

「紛《まご》うことなき本命チョコだ」

「え――」

「中にメッセージカードも入ってる。『ずっと貴方《あなた》が好きでした』ってね。えへへ、何だか照れちゃう」

「有働《うどう》、お前……」

「入手に苦労したよ。江田島くんの奴《やつ》、血ヘド吐きながらも抵抗するんだもん」

「え、江田島ぁー！」


「次は私ね。喜びなさい、私のは手作りよ」

「……鴫原《しぎはら》。このビンは何だ」

「何って、チョコに決まっているでしょう。何故《なぜ》か固まらないから、仕方なくビンに詰めてきたの」

「色が少し黄色いんだけど……」

「それは多分カレーね」

「何で入れた！」

「知らないの？　カレーの隠し味にチョコを使うのは有名よ」

「逆には使わねえよ！」

「他にも色々と隠し味を入れてあるわ。鯛《たい》の目玉、リンゴの芯、ウズラの卵の殻……」

「魔女かお前は」

「ついでに江田島《えだじま》くんの血ヘドも入れておいたわ」

「鬼かお前は！」

「お陰でこんな汚物になってしまったけど」

「自覚があるなら持ってくるな！」

「見て。練れば練るほど色が変わるの」

「これチョコじゃねえよ！」


「では不束《ふつつか》ながらこの三塚柘榴《みつづかざくろ》、大喜利のトリを務めさせて頂きます」

「やっぱり大喜利だったのか！」

「お気に召して頂けるか分かりませんが」

「俺、もう疲れたんだけど」

「いいえ、最後までお付き合い頂きます。それではどうぞ。まずは市販の製品を真似《まね》て作ったボッキーです」

「名前コラ！」

「続いて、キノコのアレです。市販の製品よりもリアルにしてみました」

「お前が言うと全《すべ》てが下ネタに聞こえるぞ……」

「そしてお待たせしました。必要以上にどす黒いチョコバナナでございます」

「待ってねえよ！　やっぱ下ネタじゃねえか！」

「どうぞお比べ下さい」

「何とだ！」

「紺野《こんの》様、どうかご理解を。お二方とボケの差別化を図るには、私《わたくし》はこちら方面に走るしか……」

「苦肉の策みたいに言うな！　好きなだけだろ！」

「あ、固いので歯にお気をつけ下さい。何せこのチョコバナナ、江田島さんの後頭部をフルスイングしても全く折れない強度を――」

「え、江田島ぁぁー！」


「よし、受け取ったね？　それじゃあホワイトデーを楽しみにしてるよ」

「お返しを求める気か！」

「当たり前だよ。これで見返りゼロなら、江田島くんはどうなるんだ」

「どの口がほざいてんだ！」

「では紺野様、春物のスカートを買って頂けますでしょうか」

「じゃあ私は、春物のノートパソコンをお願いするわ」

「そして私は、春物の現金だ。私の快気祝いも兼ねているので、額を弾みたまえ」

「誰かこいつらを何とかしてくれ……」


廃銀行での騒動から四日後。孝巳《たかみ》たち『お笑い研究会』は、何事もなかったかのように日常へ回帰していた。

あの夜、奈緒《なお》と美濃部《みのべ》を病院へ運んだのち。帰宅した孝巳は高熱を出し、丸二日も寝込む羽目になってしまった。

どうも慣れない言替《ことかえ》を連発した上に《言霊球《コトダマ》》まで使ったせいで、体力を極度に消耗したらしい。何とか昨日から学校には出ているが、今日がバレンタインだと気付いていれば部活だけは休むべきだった。

（美濃部の奴《やつ》、さすがにもう懲りてるよな）

美濃部春喜《はるき》は現在もまだ入院中だ。六黒《むくろ》と怨霊《おんりよう》によって精神と体を蝕《むしば》まれ、甚だしく衰弱しているという。それでも一命を取り留めたのは、曲がりなりにも人並み以上の霊感を持っていたお陰か。

彼は退院後、組織の処断を受ける前に、まず警察に身柄を拘束される。繁華街でバーの店員に暴行を働いた、その傷害容疑だ。店の防犯カメラが決め手となったそうで、犯行に加わった例の手下二人もすでに地元で捕まっている。他にも余罪が多くあるらしい。

……ちなみに新聞で知ったのだが、稲垣昌造《いながきしょうぞう》も違法金利を摘発され逮捕されたそうだ。

（それにしても、相変わらず元気だなこいつら……）

部室では先ほどから、三人娘による「チョコ大喜利」の反省会が延々と行われている。久し振りに見る懐かしいその光景に、最初は自然と頬《ほお》が揺るんでいたのだが、一分も経《た》つとうんざりしてきた。

彼女らのディスカッションを無視して、ぼんやりと奈緒のことに思いを馳《は》せる。

昨日、ようやく動けるようになったので、見舞いも兼ねて奈緒の家に行ってきた。彼女は入院の必要もなく、精神もすでに安定していると聞いていたので、やはり小田切《おだぎり》が成仏したことをちゃんと伝えておきたかった。

廃銀行の一幕は朧《おぼろげ》気ながら記憶にあるらしく、凄《すご》く謝られてしまった。が、詫《わ》びてもらう必要などない。巻き込んだのはこちらの方なのだから。

「何を考えているのか当ててあげよう。奈緒ちゃんのことだね？」

いきなり横からそんな声が飛んできて、即座に我に返る。見ると、椅子を一つ飛ばした場所からカッパへアピンの少女が半眼でこちらを見据えていた。

「これを機に、現役女子中学生に唾をつけておこう……そう思ってるね？」

「ふざけんな。あまり気に病んでなきゃいいけどって思ってただけだよ」

思わず言い訳めいた言葉を返してしまった孝巳に、瑠璃《るり》が「素直に詫びられときなよ。

刺されたんだし」とあっけらかんとしたコメントをよこしてくる。

すっかり調子を取り戻した彼女は、今日も満塁ホームランを打った選手のごとくふんぞり返っている。瑠璃《るり》が復活したことを知らない一部の男子生徒たちが、チョコをねだってまとめて額を『スイッチョン』された事案が、孝巳《たかみ》の耳にも入っていた。

せめて三日に一度くらいは霊瘧《れいぎゃく》バージョンでいてもらえないだろうか……そんな切望を込めて見詰める先で、カッパ少女は椅子をギコギコ傾けていた。

「結局君は、ツッキー主宰のお寿司《すし》パーティーにも来られなかったもんね。不運な男だ」

それは別にいい。欠席することで月長《つきなが》の出費が減ったなら、むしろ喜ぶべきことだ。代わりと言っては何だが、彼には来週また稽古をつけてもらう約束を取りつけてある。

(俺が霊導師《れいどうし》、か……)

すでに周りは決定事項のように考えている節があるが、孝巳自身がその決心を固めているかというと……正直よく分からない。生半可な覚悟で務まる仕事じゃないだろうし、今のようなヌルい鍛練では話にならないだろう。

「――ところで紺野《こんの》様」

そんなことを考えていると、ふと前方の柘榴《ざくろ》が嫣然《えんぜん》と微笑《ほほえ》みかけてきた。

「今夜、私《わたくし》の部屋でご夕食などいかがですか?」

「は?」

「そろそろ私にも心を開いて下さいませ。食事のあとは我が三塚《みつづか》家秘伝の奥義によって、紺野様を楽園へと誘《いざな》って差し上げます」

その妖しい誘いに、途端に翠《すい》がガバリと立ち上がり「だ、駄目よそんなの！」と叫声を上げた。

「部活内の不純異性交遊は禁止よ！　副部長として、断じて許可しないわ！」

まなじりを吊《つ》り上《あ》げている翠に対し、柘榴が顎を摘まんで考え込む。

「確かに、抜け駆けはいけませんね……」

「ぬ、抜け駆けとかじゃなくて！　私たちはまだ高校生なんだし、しかるべき交際というものが」

「では、翠様もご一緒にいかがですか？　楽園へ」

「へっ？」

翠が大きな目をさらに見開いて硬直した。しばらく思案《しあん》したようだが、やっぱり意味が分からず、眉をひそめて問い返す。

「それは……どういう意味？」

「言葉通りの意味でございます。一緒に女になりましょう」

数秒の放心を経て、翠の顔がみるみる真っ赤になっていく。パクパクと口を開閉させ、大きな胸を抱き締めるようにして隠す。

彼女は気付いていない。今まさに総書記に遊ばれていることを。

「ざ、ざ、柘榴《ざくろ》！　フリーダムもほどほどにしなさい！　初めてが団体戦なんて、お爺様《じい》に勘当されちゃうわ！」

「よろしければ、瑠璃《るり》様もどうですか？」

「参加者を募らないで！」

「行けたら行く」

「飲み会じゃないのよ！」

意外にも翠《すい》がツッコミを頑張っている。ちょっと彼女を見直した。

……そう。霊導師《れいどうし》を目指す目指さないの前に、孝巳《たかみ》にはやるべきことがある。

「あ、でも……私のベッドに四人は無理かもしれません」

「そうなのかい？　なら悪いけど、男子には遠慮してもらおう」

「俺がハブられるのかよ！」

「そうね。貴方《あなた》は月長《つきなが》にシゴかれていなさい。何ならシゴいてやりなさい」

「ナチュラルな下ネタはやめろ！」

このボケたがりな三人を相手に、ひたすらツッコミを入れ続ける。

それが紺野《こんの》孝巳の当面の仕事だ。

エピローグ

その日も孝巳は放課後になると、いつものように部室へやってきた。

すでに二月も半ば。もう一ヵ月もすれば孝巳たちは二年生に進級する。この調子だと卒業なんてあっという間かもしれないな……などと気の早過ぎる感傷に耽《ふけ》りながら、部室のドアを開く。

「やあ孝巳くん」

中へ入ると、すでに先着していた瑠璃がヒョイと片手を上げてきた。タッパーに詰めた手作りクッキーを食べているその姿に、一瞬ギクリとする。

(いや、思い過ごしか)

食べ方と話し方で一目瞭然《いちもくりょうぜん》だ。これは孝巳がよく知っている、普段の有働《うどう》瑠璃だ。

「翠と柘榴はまだ来てないよ。孝巳くんが二着だ」

「その呼び方、慣れないんだけど……」

指定席のパイプ椅子を引きながら、そんな戸惑いを返す。

――霊瘧《れいぎゃく》が治って以来、彼女は何故か孝巳のことを名前で呼んでくる。二度と聞くこともない期間限定の呼び名だと思っていた。これまで女子に名前で呼ばれたことなど一度もない身としては、何だかくすぐったく座りが悪い。

「お前、霊瘧《れいぎやく》にかかってた間のことを覚えてるのか？」

訊くと、瑠璃《るり》はクッキーを口にポイポイと放り込みながら頭をフルフル振った。

「覚えてないよ。でもそう呼ぶことに決めたんだ。いや、そう呼ばなくちゃいけない気がするんだ」

「な、何でだよ」

「内なる自分の叫び、かな」

「妙な後遺症《こういしよう》だけ残りやがって……」

「別にいいだろう？　他人行儀に構える関係でもないし」

そう言って笑った顔は、悔しいがやっぱり可愛《かわい》かった。

この部室で初めて彼女に出会ったときは、日本人形みたいだと感じた。次いで、その不《ふ》遜《そん》で奇天烈《きてれつ》な言動にかつてない衝撃を受けた。……思えば自分は、あの日からどれだけこいつに突っ込んできたのだろう。これからどれだけ突っ込んでいくのだろう。

今やその役割にもすっかり慣れてしまった。それどころか、この場所に言い知れぬ居心地の良さすら感じる自分がいる。いつしか他の運動部に入ろうと考えることもなくなっていた。

「そういやお前、六黒《むくろ》はどうなったんだ？」

「あれ、君には言ってなかったかな？　戻ってきたよ。今日も元気に私を祟《たた》っている」

「…………」

「まあ、本当はそろそろ成仏させてあげてもいいんだけどね。守ってくれる人なら、もう側にいることだし」

そう言って、やにわに瑠璃が腰を浮かし、真横の椅子に移動してきた。

つい仰け反ってしまった孝巳《たかみ》に構わず、彼女はタッパーからクッキーを一つ摘まみ、さらに身を寄せてくる。

「君も一つどう？」

「ああ、貰うよ」

「はい。あ〜ん」

「そこは鼻だ」

どうあってもボケずにはいられないのだろうか。

でも、それでいい。それでこそ有働瑠璃だ。

「もし『孝巳くん』に抵抗があるのなら、別の呼び方にしようか？」

「どんなのだよ」

「例えば、『アナタ』とか」

「！」

噛み砕いたクッキーを、思わず口から吹き出してしまう。

「それとも『おに～ちゃん』にしようか？」

「はっきり言っとく！　俺はロリロリ天国の天使じゃない！」

「じゃあ業界っぽく逆さにして、『ノーコン』とか」

「誰がノーコンだ！　小田切《おだぎり》によく言われたけど！」

「なら希望を言いたまえ」

「孝巳《たかみ》でいいよ！」

がなる孝巳によしと頷くと、瑠璃《るり》は元いた席にさっさと戻ってしまった。鞄《かばん》からネタ帳を取り出し、シャーペンを手に構える。

「雑談はこれくらいにして、新ネタ作りに取りかかろう。新学期には体育館で部活動紹介があるからね」

「出られるのか？　ここって非公式の部だろ？」

「問題ない。前日から泊まり込みで並ぶ」

「多分そんな制度はないぞ」

会話もそこそこに、瑠璃がカリカリとシャーペンを走らせていく。試しにネタ帳を覗き込んでみると、眉間を思いきり『スイッチョン』された。

「やめたまえ。このノートにはネタだけじゃなく、色々とプライベートなことも書かれてある」

「……知ってるよ」

「そうだ孝巳くん。いい機会だから、君も私の呼び名を改めたまえ」

「え？」

「君だけ名字呼びのままは変じゃないか。微妙に距離を感じる」

「………」

それはもしや、こちらも名前で呼べということか。

孝巳には、誰かを名前で呼ぶ習慣がほとんどない。奈緒《なお》を名前で呼ぶのは、単に小田切との区別をつけるためであり、それ以上の意味はない。ここ最近で名前呼びをした人間なんて——月長《つきなが》と昴大《こうだい》くらいだ。

（見事に男ばっかだな……）

確かに、名前呼びは親しさの証拠と言えなくもない。これを機に瑠璃への呼称を変えてみるのもいいのかも……でも、翠《すい》や柘榴《ざくろ》がどんな顔をするだろうか？

しばらく思い悩んでいるうちに、廊下から足音が近付いてきた。間もなく扉が開いて現れたのは、果たして翠と柘榴だった。

「お待たせしたわ」

「遅くなりました」

挨拶しながら席に着く二人をよそに、瑠璃《るり》は真っ直ぐこちらを見詰めている。話を中断させるつもりはないらしい。

「さあ孝巳《たかみ》くん、呼んでみたまえ」

翠《すい》が「何の話?」と尋ねてきたが、それどころではなかった。

……いいだろう。呼んでやる。

そのままなし崩し的に、翠と柘榴のことも名前で呼べるかもしれない。一度に全員の呼び方を変えれば、気まずくはないはずだ。

(よし)

大丈夫、瑠璃を瑠璃と呼ぶだけだ。ただそれだけだ。

意を決して息を吸う。カッパ少女に向けて、まずは唇を「る」の形にする。

「る——」

「孝巳くんはこれから私のことを、『ルリザベス』と呼ぶそうだ」

「呼ばねえよ!」

発しかけた言葉は、次の瞬間にはツッコミとなっていた。

「そして翠のことを『G』、柘榴のことを『F』と呼ぶそうだ」

「オッパイじゃねえか!」

「な、な……」

翠の顔が、瞬く間に紅潮していく。肩と巨乳を怒りでブルブル震わせ、鬼の形相で孝巳をねめつけてくる。

「ひ、人を胸のサイズで……！」

「違う！　俺はただ名前を」

「ふざけないで！　カップはGでも、感度はAよ！」

「何を口走ってんだ！」

「紺野《こんの》様。私、下ネタはちょっと……」

「今言ったのはどこのどいつだ！」

そんな孝巳たちのやり取りを見て、瑠璃が口を押さえてシシシと笑う。ややあってパンパンと手を叩き、彼女は部長らしく高らかに宣言した。

「さあ、揃ったところで今日も始めるよ。『お笑いオッパイ研究会』を」

「妙なワードを間に挟むな！」

「オッパイだけに挟んでみた」

「二十点だ！　もういいよ！」

——何はともあれ、ようやく戻ってきた。

そして、これからもしばらく続いていくのだろう。

瑠璃《るり》色にボケた日常が。

あとがき

皆様、ご機嫌いかがでしょうか。

この度は『瑠璃《るり》色にボケた日常4』を手に取って頂きまして、まことにありがとうございます。伊達康《だてやすし》です。


さて、約一年に渡って書いてきた当作ですが、今巻にて幕を下《お》ろす形となりました。右も左も分からないぺーぺー状態から出発し、作品を通して様々なことを学べたような気がします。続編を書くことの難しさ、感想を貰ったときの興奮と消沈、矛盾点を指摘されたときの澄まし顔の作り方……本当に色々な体験ができました。自分自身にとっても『瑠璃ボケ』は思い入れの深い、特別な作品になったと思います。

一巻から四巻まで、毎回その時点で出せるベストを尽くしてきたつもりですが、楽しんで頂くことはできましたでしょうか……死生観、魂、三遊亭小遊三《こゆうざ》師匠など、扱うテーマが一部デリケートであったため、気分を害した方はいないかと最後まで不安が尽きませんでした。

が、それでも読者の方々にとって僅かでも娯楽となり得たなら、これ以上の幸いはありません。そして得られた糧《かて》を活かせるよう、これからも一層頑張りたいと思います。どうぞ宜しくお願い致します。

今回のあとがきは3ページ。今までで最も短いあとがきとなってしまいました。ですが最後だからこそ、改めてしっかりと謝辞を述べさせて頂きたいと思います。

担当さんをはじめとするMF文庫J編集部の皆様。本作を世に出す機会を与えて頂き、本当にありがとうございます。未熟な身ではありますが、今後とも宜しくお付き合い頂けたらと思います。

イラストレーターのえれっと様。最後まで美しく可愛らしいイラストを描いて下さり、本当に感謝の言葉もありません。瑠璃たちのビジュアルを先生に手掛けて頂けたのは、最大級の幸福だと思っております。

溝口《みぞぐち》ケージ様。最初の段階から作品のために力をお貸し下さり、まことにありがとうございます。えれっと先生共々、様々な案を出して頂き、恐悦の至りでございます。

また出版に携わって頂いた多くの関係者の皆様、並びに書店の皆様にも、心より感謝致します。

そして読者の皆様。

何よりも真っ先に、最も感謝を述べるべき存在だと思っています。

純粋に面白いと言って下さった方、ここが駄目だとご指摘下さった方、深い考察までして下さった方、ネット等で話題にして下さった方、一言「翠《すい》たんペロペロ」と言って下さった方……その全ての感想が筆者の財産であります。

そして、再びこうして「あとがき」でご挨拶できる機会が持てるよう、気合いを入れて精進する所存です。

その時は、どうぞまた構って下さいませ。

では、しつこくもう一度。ありがとうございました。

伊達《だて》　康《やすし》

MF文庫J

瑠璃色にボケた日常4

発行	2013年11月30日 初版第一刷発行
著者	伊達 康
発行者	三坂泰二
編集長	万木 壮
発行所	株式会社 KADOKAWA 〒102-8177 東京都千代田区富士見2-13-3 03-3238-8521（営業）
編集	メディアファクトリー 0570-002-001（カスタマーサポートセンター） 年末年始を除く 平日10:00～18:00 まで
印刷・製本	株式会社廣済堂

Printed in Japan ISBN 978-4-04-066082-0 C0193
http://www.kadokawa.co.jp/

【 ファンレター、作品のご感想をお待ちしています 】

〒150-0002 東京都渋谷区渋谷3-3-5 NBF渋谷イースト
株式会社KADOKAWA MF文庫J編集部気付「伊達康先生」係「えれっと先生」係